FLAVIO INSINNA

Il gatto del Papa

Una piccola favola senza tempo

Illustrazioni di Irene Rinaldi

Rai Libri

Rai Libri
Via Umberto Novaro, 18 - 00195 Roma

ISBN 9788839718273

Grafica e impaginazione
Akhu S.r.l. - Roma

Stampa
Puntoweb S.r.l. - Ariccia (Roma)

A Fortunella

La povertà non è frutto del destino,
è conseguenza dell'egoismo. Ci sono molte povertà
dei ricchi che potrebbero essere curate
dalla ricchezza dei poveri.
Papa Francesco

Se uno di noi, uno qualsiasi di noi esseri umani,
sta in questo momento soffrendo come un cane,
è malato o ha fame, è una cosa che ci riguarda tutti,
ci deve riguardare tutti, perché ignorare
la sofferenza di un uomo è sempre un atto
di violenza, e tra i più vigliacchi.
Gino Strada

Il gatto del Papa

Posso chiedervi un piccolo favore?

Lo so, le favole di solito cominciano con il classico "C'era una volta" e, visto che mi state regalando un po' del vostro tempo, forse non è troppo elegante domandarvi anche dell'altro.

Ma credetemi, lo dico per voi.

Non leggete questa storia tutto d'un fiato, di corsa, ancora affannati per il traffico, gli appuntamenti, i compiti da finire, "Aiuto! Devo passare in tintoria!", eccetera eccetera.

Stiracchiatevi un attimo, come fanno i gatti, chiudete gli occhi, sì, proprio come fanno loro quando si abbandonano alla carezza del sole e sorridono soddisfatti. Si godono il momento. Vi state stiracchiando con gli occhi chiusi? Spero di sì.

Adesso, se non siete scivolati in un meritato pisolino, possiamo cominciare.

1

Era un'accogliente serata di primavera, soffiava un leggero venticello e l'aria regalava profumo di pino marittimo, rose e gardenie.

Le rondini erano tornate – per fortuna le rondini tornano sempre – e avevano fatto il nido proprio lì, fra due pilastri del colonnato. Un po' defilate, dove nessuno le avrebbe infastidite dopo il lungo viaggio.

Se poi per caso preferite una classica "notte buia e tempestosa", con la pioggia che percuote la piazza quasi deserta e qualche velocissimo ombrello in fuga, be', cambia poco. Niente rondini, giusto un piccione in cerca di riparo che nel frattempo raccatta le briciole dello spuntino notturno sbocconcellato di nascosto da una delle guardie.

Era davvero tardi, per la strada poche anime, la ronda che teneva d'occhio la grande cancellata e nella piazza vuota, da solo a contemplarla nella sua magnificenza, un poveraccio, perso nei suoi mille pensieri.

L'oscurità si era definitivamente fatta largo e – in alto in alto – c'era una sola finestra illuminata. Dietro quei vetri, un uomo. Anziano, stanco, vestito con un lunghissimo abito bianco, i capelli candidi come la sua veste e due intensi occhi verdi. Luminosi ma un po' tristi.

Dall'altra parte dei vetri, invece, altri due occhi, vivacissimi, seguivano la scena con grande attenzione. Intorno a quell'uomo, adesso seduto in un'elegantissima poltrona, un vortice di persone, tutte assai indaffarate e tutte con l'aria molto, molto seria.

Un tipo con giacca, cravatta e grandi occhiali stava effettuando una visita medica, che l'uomo vestito di bianco subiva di malavoglia. Non sembrava gradire troppo tutte quelle attenzioni, ma era rassegnato ad accettarle, come se non potesse farne a meno. Strano, perché sembrava un uomo davvero importante, sarebbe probabilmente bastata una sua parola e quella marea di persone non avrebbe avuto altra scelta che togliere il disturbo. Lui però non pareva intenzionato a ribellarsi.

Tre uomini di una certa età, tutti e tre senza capelli, impeccabili nei loro completi, confabulavano in un angolo con le cartellette in mano e si passavano freneticamente dei fogli, dall'uno all'altro e poi all'altro ancora. In fondo al salone, due donne con il capo coperto da un velo bianco trafficavano con vassoi, cibo, bicchieri, flaconi e medicine varie.

L'uomo vestito di bianco non aveva cenato, si era limitato a mandar giù un bicchiere d'acqua, un pezzetto di pane e una sequenza interminabile di compresse.

«Un bel respiro profondo» disse il dottor Grandi Occhiali. «Un altro, per favore».

L'uomo vestito di bianco obbediva stancamente.

«E ora un colpo di tosse».

Una volta concluso quello strano rituale, il medico tirò fuori un misterioso strumento, una lunga fascia collegata a un macchinario con delle lancette e una pompetta. Strinse quindi la fascia intorno al braccio dell'anziano paziente, che si sottopose anche a quella procedura, senza fiatare.

Alle sue spalle con l'aria di chi tutto controlla e sovrintende, stava dritto immobile un tipo magrissimo, alto, elegante, che indossava una lunga tunica, nera ma con i bordi rossi. Dietro le lenti dei suoi occhialetti rotondi si intravedevano le due fessure che aveva al posto degli occhi. Estremamente attento ad ascoltare tutto e a non perdersi nulla di quello che stava accadendo, decise che per quella sera poteva bastare.

«Grazie, va bene così, Sua Santità è molto stanco, adesso è meglio se lo lasciamo riposare. Grazie a tutti». Aveva una vocina sottile, ma il tono non ammetteva repliche.

Tutti raccolsero carte, strumenti e vassoi, chinarono il capo molto rispettosamente e si congedarono.

Sua Santità (quell'uomo anziano vestito di bianco, così stanco e malato, era dunque il Papa) ringraziò il suo camerlengo, che lo aveva liberato da quella specie di tortura serale. Non ne poteva più di essere osservato come un pesce prigioniero in una boccia di vetro. All'alba, di pomeriggio, a tutte le ore era un continuo: «Come vi sentite?», «Avete mangiato, Santità?», «Lo sciroppo?», «Non avrete dimenticato un'altra volta la compressa verde?».

Lasciatemi in pace! Non è mica un delitto essere anziano, devo sentirmi pure in colpa? Ecco cosa avrebbe voluto gridare a tutti, ma si limitava a pensarlo.

«Santità, mi raccomando, pillola verde e pillola rossa prima di dormire. Avete sentito cosa ha detto il professore? E poi dovete mangiare, il pesce stasera era squisito, non lo avete neanche guardato!».

I due occhi fuori dalla finestra non poterono fare a meno di commentare: «Eh, allora è proprio vero che chi c'ha il pane...».

«E poi dovete riguardarvi di più, vi stancate troppo. Anzi, ora che ci penso, verificherò con il segretario. Nella vostra agenda ci sono sicuramente degli appuntamenti che si possono cancellare».

L'età, i malanni, il suo cuore che aveva deciso di collaborare sempre meno... be', fosse stato per lui avrebbe fatto finta di niente, ma tutti quelli che lo circondavano non facevano altro che ricordarglielo.

«Buonanotte, Santità. Le medicine, mi raccomando. Preghiere e medicine, preghiere e medicine».

Il camerlengo sgusciò fuori dagli appartamenti papali silenzioso come un'ombra, e altrettanto silenziosamente l'enorme gatto nero che aveva assistito a tutta la scena entrò nella stanza dalla finestra.

2

«Alleluia, finalmente un po' di pace» sussurrò il Papa. Si mise comodo e provò a leggere qualche pagina, perché quando poteva cercava sempre rifugio nella lettura, anche per pochi minuti. Solo che... si sentiva osservato.

Nessuno si sarebbe mai permesso di rimanere nelle sue stanze, però avvertiva lo stesso una presenza. Non era turbato da quella sensazione, era semplicemente incuriosito.

«Ciao».

Si girò di scatto verso la finestra.

Tra due enormi candelabri d'argento, fermo su un ripiano di marmo, c'era il gatto nero che lo fissava. Sembrava un soprammobile.

Il Papa era a dir poco perplesso. Abbassò di nuovo gli occhi sul libro che teneva in grembo, ma non riuscì a concentrarsi sulla lettura. Sollevò nuovamente lo sguardo.

Il gatto era sempre lì.

Immobile.

"È un regalo", pensò il Papa. "Mi hanno regalato una statuetta e nessuno mi ha detto niente? Impossibile. Ma allora chi ha detto *ciao*? O forse era *miao*?".

Dopo il cuore, anche la testa lo stava abbandonando?

Poi tutte le sue domande, i dubbi e le supposizioni svanirono. Il gatto fece un salto in avanti, atterrò elegantemente davanti al Papa e disse: «Ma non te le hanno insegnate le buone maniere? Quando uno saluta e dice "Ciao", l'altro risponde».

La replica del Papa fu soltanto un fragoroso e gigantesco starnuto. Neanche il tempo di contare fino a cinque e la porta si aprì di scatto.

«Santità, che succede?» chiese il camerlengo. La rapidità con la quale si era palesato lasciava pensare che vivesse appostato lì dietro la porta.

«Niente, tutto bene, grazie. Sapete, è solo la mia allergia» rispose il Papa, ansioso di liquidarlo velocemente.

«Ah, certo, la polvere. Domani disporrò per una pulizia ancora più accurata delle vostre stanze. Ma dovremo anche effettuare delle visite mediche più approfondite. Serena notte, Santità».

Appena il fin troppo zelante prelato ebbe tolto il disturbo, il Papa si voltò. Lentamente. Chiuse gli occhi, poi li riaprì. Niente da fare, il gatto era ancora là. Se il camerlengo lo avesse visto avrebbe di certo chiamato le guardie, e anche i gendarmi, altro che la polvere... Un gatto, per giunta nero, negli appartamenti del Papa! "Gli animali portano tante malattie", avrebbe detto di sicuro.

Il Papa e il gatto si guardavano, mantenendo una certa distanza per evitare guai. Una brezza improvvisa fece sventolare le gigantesche tende cremisi e scherzò anche con i capelli del Papa.

«La finestra! La finestra prima era chiusa!» esclamò il pontefice, come ridestandosi da un sogno a occhi aperti.

«Non ti piace questo bel freschetto?» disse il gatto.

Il Papa non si capacitava. Forse mentre leggeva si era addormentato e ora stava fantasticando? Gli girava la testa, avevano ragione i dottori, e magari la situazione era addirittura più grave di quanto pensassero. Cercò di restare calmo per riflettere lucidamente. Durante la visita uno dei medici si era precipitato a chiudere la finestra. Lui non aveva protestato, per evitare una nuova valanga di raccomandazioni: «Santità, volete prendervi anche il raffreddore?», «Fuori stagione si prendono le influenze più pericolose», «Ci manca solo questo!».

Adesso però la finestra era di nuovo aperta, il vento giocava con gli elegantissimi tendaggi, e davanti a lui c'era un grosso gatto nero.

Un gatto parlante.

Il Papa cercò di sorridere. «Certo che il vento mi piace. È che... insomma ero sicuro che uno dei dottori avesse chiuso la finestra».

Il gatto decise di dare una bella sterzata alla conversazione. «Be', aperta o chiusa, chiusa o aperta, mi sembra che la finestra sia l'ultimo dei tuoi problemi».

Il Papa si mise in ascolto con grande attenzione, ma rimanendo sempre a distanza.

«Non ti offendere», proseguì il gatto, «ma a giudicare dal numero di medici che si occupano di te, devi essere piuttosto malandato. In compenso, a quanto pare sei anche uno molto importante, si capisce subito».

Un gatto può far arrossire il Papa?

«Importante, io? Non saprei. So soltanto che... Ecco... Io...».

«Prego, prego. Prenditi tutto il tempo che vuoi per rispondere» ridacchiò il gatto.

«Ecco, allora, il fatto è che... io sarei... il Papa».

«Saresti. Saresti o sei?».

«Sì, sì. Sono il Papa».

«Il Papa».

«Se preferisci, il pontefice. O il Santo Padre».

«Padre di chi?».

«Di tutti. Mi piace pensarlo, almeno. Sono un pastore», aggiunse, «e ho la responsabilità del mio gregge».

«Ah però. Bello faticoso come incarico. Soprattutto, perdonami, alla tua età. Su e giù per i campi e le valli...»

«Il mio gregge è fatto di donne, uomini, bambini. È il genere umano. E come ogni pastore coscienzioso, cerco di proteggere tutti».

«Ah». Il gatto ci pensò su per un attimo. «Posso farti una domanda? Visto che non stai bene, perché non vai in pensione?».

La risata del Papa risuonò come tutte le risate belle, semplici, che vengono dal cuore. Per fortuna questa volta il camerlengo non bussò, perciò l'anziano pontefice, continuando a ridacchiare, disse: «Non è un lavoro il mio... è una missione. La pensione non è prevista, sai? È un incarico che dura fino a quando...».

«Fino a quando?».

Un pizzico di malinconia velò la voce del Papa. «Fino a quando tornerò alla Casa del Padre. E con il cuore malconcio che mi ritrovo, non credo mi resti ancora molto».

Invece di assumere un'espressione seria, il gatto sorrise con gli occhi furbi. «Ma tu davvero pensi che sia il cuore il tuo grande problema?».

Il Papa non riusciva proprio a capire.

«Vorrei farti notare che da circa un quarto d'ora stai amabilmente conversando con un gatto. Che sarei io».

Il Papa non sapeva più cosa pensare, gli venne soltanto di rispondere: «Oltre al cuore, allora, mi sta abbandonando anche la testa».

«Fossi in te», lo incalzò il gatto, «penserei esattamente il contrario. Ora ti spiego, non ti distrarre. Tu parli, io parlo, ma non è questo il punto. Tu sai fare una delle cose più difficili al mondo: sai ascoltare. E il fatto che tu, nonostante il tuo cuore sgangherato, le pasticche, i medici, quello strano tipo che ti dice cosa devi fare, la stanchezza e questo squisito pesce che non mangi... nonostante tutto questo, dicevo, tu riesca a sentire la mia voce, mi fa ben sperare».

Al Papa girava la testa come da bambino sulle giostre. Chiuse gli occhi, si tolse gli occhiali e premette le dita dell'altra mano sulle palpebre. Poi sospirò più volte, inspirò a fondo, e riaprì gli occhi.

Guardò dappertutto.

Il gatto non c'era più.

E la grande finestra era chiusa.

3

Buio per strada. Buio pesto. Il buio che piace ai gatti. La luna era una falce stretta stretta, le stelle erano poche, anche se in cielo non si vedeva neanche una nuvola. Sul selciato il bagliore morbido dei lampioni, piccole macchie di luce nel nero più profondo. E soprattutto, un silenzio infinito. Neanche il fiume faceva rumore.

Il gatto passeggiava sul ponte che aveva trovato alla fine del viale. Si era lasciato alle spalle la gigantesca piazza su cui si affacciavano gli alloggi del Papa. Solo le rondini al riparo tra le colonne lo avevano notato mentre si allontanava. Non c'era nessuno ad aspettarlo, quindi avanzava senza fretta, anzi, il suo passo elegante prese il ritmo lento dei suoi pensieri. Aveva conosciuto il Papa, molto simpatico anche se allergico al suo pelo. Aveva tante persone da guidare, ma forse era troppo malato per farlo, e con quella specie di consigliere così invadente poi...

Le sue riflessioni furono interrotte all'improvviso.

«Tu chi sei? Non ti ho mai visto da queste parti».

Da una viuzza laterale era sbucata un'elegantissima gatta tigrata. I suoi occhi verdi screziati di oro bucavano il buio e continuavano a fissare quel grosso gatto nero che non si era ancora presentato. Si studiarono con calma. La gatta aveva la coda mozzata, perché si sa, la vita di strada non sempre è facile. Si capiva subito che era abituata a combattere per vivere, però non sembrava minacciosa.

Il gatto nero non era venuto da chissà dove per farsi dei nemici, perciò sfoderò il suo sorriso migliore.

«Ciao, hai ragione tu, sono di passaggio. Non so ancora quanto mi fermerò. Non dipende da me, ecco. È un problema se mi sistemo da queste parti?»

Mai avrebbe voluto imporre la sua presenza. Alla gatta piacque subito il modo in cui parlava. Senza conoscerlo, sentiva di potersi fidare.

«Non c'è problema, qui siamo abituati ai viaggiatori, a quattro zampe e non. Ma finché vorrai essere dei nostri, devi rispettare le regole».

«Sentiamo».

«Allora», disse la gatta, «sono poche e molto semplici. Qui da noi non si litiga. E soprattutto non si litiga per il cibo. Quello che c'è si divide, perché abitiamo tutti sotto lo stesso cielo, o se preferisci, sotto lo stesso ponte. Se qualcuno di noi sparisce all'improvviso, senza avvisare, a turno si va in giro per scoprire se è ferito o ha bisogno di aiuto. Quindi sarebbe buona educazione, quando ripartirai, avvertirci, così eviteremo inutili preoccupazioni».

Il gatto annuì, con l'aria di chi è d'accordo.

«Non ho finito» continuò la gatta. «Quando c'è da mangiare, per prime mangiano le mamme con i cuccioli da sfamare, gli anziani e i malati. Le gatte e i gatti più forti rovistano nei bidoni, ognuno ha il suo territorio per cercare topi e lucertole. Se siamo fortunati, qualche umano simpatico sparge per terra un po' di avanzi. E allora noi, i piccioni, le cornacchie, e anche gli ospiti come te, se ci sono, facciamo festa tutti insieme. Lo sai come si dice, no? Dove si mangia in due si mangia anche in tre».

Il gatto sorrise ma non rispose, non voleva interrompere quella gatta così simpatica.

«Ah, la sera ci ritroviamo nella piazzetta, e i nostri saggi raccontano ai più giovani delle storie, per insegnare loro quello che hanno imparato in tanti anni. E poi, naturalmente, si gioca! Se qualcuno vuole farsi i fatti suoi però lo lasciamo in pace. Fine delle regole».

«Mi sembra tutto molto ragionevole» disse il gatto.

«Vieni, così ti faccio vedere». Con uno scatto la gatta sfrecciò di nuovo nel vicolo.

Il gatto accettò l'invito con piacere, era difficile dire di no a quegli occhi verdeoro, e poi le regole di quella comunità lo avevano incuriosito. Vivevano davvero così?

Seguì la sua guida e dopo un po' si ritrovò in un angolino fuori dal mondo. Avevano superato il fiume e si erano infilati tra le sbarre di un cancello. E dopo una serie di vecchi gradini sbreccati, eccoli là, in mezzo a ruderi e colonne antiche, qualcuna testardamente ancora in piedi, le altre distese nel verde e quasi invisibili tra le piante. Erano una quindicina di gatti, sparpagliati qua e là: giovani, anziani, femmine adulte, maschi con un occhio solo... Avevano mantelli di tutti i colori, un paio stavano ripulendo delle preziose lische di pesce. Il pensiero del gatto tornò ancora una volta al Papa, ma soprattutto al suo pesce bollito con patate e verdure, neppure degnato di uno sguardo. Mah!

Un gatto rosso tutto muscoli seguiva la scena dall'alto. Non sorrise al nuovo arrivato, anzi, ma la gatta, da vera padrona di casa, mise subito le cose in chiaro: «Vasilij, tranquillo, gli ho già spiegato come funziona qui. È tutto a posto».

Il gatto rosso, dalla sua postazione rialzata, continuò a scrutarlo con grande diffidenza, ma gli concesse il beneficio del dubbio senza protestare.

«Scusa, ma oggi la banda e il comitato di accoglienza hanno il giorno di riposo» ridacchiò la gatta. «Non ci fare caso. Vasilij non è molto socievole, è vero, però noi conosciamo la sua storia e lo capiamo. Viveva con una signora straniera, molto gentile. Cibo in abbondanza, merenda al pomeriggio, un cuscino soffice e ricamato tutto per lui, ore di pacchia assoluta davanti al camino acceso. Purtroppo la signora è morta, e il figlio, arrivato di corsa da non si sa dove, si è preso la casa, ma non il gatto. Gli umani a volte sanno essere così...».

«Così?».

«Così non umani. Ecco!».

«Già» sussurrò il gatto guardando lontano.

«Insomma», riprese a raccontare la gatta, «per lui non è stato facile. Da un giorno all'altro è finito qui per strada, da solo. Non è cattivo, è solo arrabbiato. Tanto arrabbiato».

I due si guardarono in silenzio, mentre dalla scala scendeva un altro gatto dal pelo molto lungo e grigio, con una vistosa cicatrice sul dorso.

«Quello è Billo», disse la gatta, «ma si fa chiamare Mario. È il più anziano di tutti, non è diffidente come Vasilij, ma è meglio se ti vai subito a presentare. Sai, ci tiene. Non ti sbagliare, chiamalo Mario».

«Non sbaglierò».

Il gatto nero era molto divertito da tutta la faccenda e ubbidì con piacere. Andò a salutare il grande capo della comunità e tornò subito dalla sua amica. Ma c'era una sorpresa. Nello spiazzo, tra le colonne, si era accucciato un cane. Era molto anziano e aveva l'espressione triste di chi non ce la fa proprio più. Un paio di gatti si avvicinarono subito per salutarlo e chiedergli come andava. Raccontarsi a vicenda acciacchi e dolori, tra anziani, a volte somiglia un po' a una medicina, ed è comunque meglio che stare da soli.

«E quello chi è?» chiese il gatto. «Scusa la domanda banale, ma è un cane. Che ci fa tra i gatti?».

«Ti sembra così strano? Lui è Ettore. Da giovane era tremendo. Alto, forte, instancabile negli inseguimenti. Ci dava il tormento ogni giorno. Per tanti anni è stato il cane da guardia della macelleria giù all'angolo. Non ci faceva neanche avvicinare ai bidoni per prendere gli scarti, ci inseguiva fino a qua e poi rideva e ci prendeva in giro. "Come ve lo devo dire? Non c'è trippa per gatti" abbaiava. E tutto tronfio tornava alla macelleria. Poi è invecchiato, e gli è venuta una brutta malattia delle ossa. Come cane da guardia non serviva più, e allora tanti saluti. Il macellaio lo ha subito rimpiazzato con due molossi, e lui è venuto a bussare qua».

«Dopo tutto quello che vi aveva fatto?».

La gatta pensò a lungo prima di rispondere.

«Non voglio dire che sia facile perdonare, ma di sicuro odiare è più faticoso. Noi qui amiamo vivere in pace e, se proprio non riusciamo a perdonare, cerchiamo almeno di dimenticare. Tra noi funziona».

Il gatto nero ringraziò ancora una volta e cominciò a cercarsi un posto per dormire, ma la gatta gli corse dietro velocissima. «Scusami, nella fretta di spiegarti le regole e presentarti tutti ho parlato per un'ora, e non mi sono mai presentata io! Abbi pazienza. Allora, non so bene perché, ma tutti qui, e anche in giro, mi chiamano Vittoria. Lo so, è un nome un po' impegnativo, però bello, vero?»

«Molto» rispose il gatto. «Per te mi sembra perfetto».

«E tu come ti chiami?».

«Io mi chiamo, ecco...» Il gatto nero cercò di non balbettare. «Vediamo, in realtà mi chiamano in tanti modi. Facciamo così: tu puoi chiamarmi come vuoi. È un problema se non ti dico un nome preciso preciso?».

«Te l'ho già detto, qui non conta come ti chiami o da dove vieni. Se ti comporti bene con tutti sei il benvenuto». Gli occhi di Vittoria diventarono ancora più luminosi. «Ecco! Per me, per tutti noi, da stanotte tu sei Benvenuto!».

4

Tornò la notte e tornò anche il gatto. Come sempre il camerlengo era lì per le ultime raccomandazioni prima della buonanotte.

«Se preferite torno più tardi a controllare…».

«No, vi ringrazio» si affrettò a dire il Papa per tranquillizzarlo. «Sarò preciso come non mai. Pillola verde, pillola rossa, e anche lo sciroppo caldo». Era disposto a fare di tutto pur di rimanere solo. Il camerlengo si ritirò ricordando: «Preghiere e medicine», e finalmente il Papa fu libero.

O almeno poteva credere di esserlo.

Decise di leggere qualcuna delle tantissime lettere che gli arrivavano da ogni angolo della terra.

Prendeva appunti per le risposte che avrebbe scritto e poi inviato. Amava farlo personalmente.

All'improvviso però percepì la stessa sensazione della notte precedente. Si sentiva osservato, ma stavolta decise di giocare d'anticipo e a voce alta disse: «Sei tornato?».

«Complimenti» fece il gatto. «Bravo. Mi hai sentito arrivare».

«Stammi lontano per favore, altrimenti sveglio tutto il palazzo».

«Ancora con questa storia dell'allergia!».

«Sì, sono allergico. Allergico a te. E un'altra cosa: si può sapere come sei entrato? Stavolta sono sicuro, ho controllato personalmente. La finestra è chiusa».

«Ah, be', allora...». Il gatto sorrise piegando di lato la testa. «Questa della finestra è proprio una fissazione, quasi peggio dell'allergia. Possiamo parlare di cose più interessanti? Allora, ho fatto una bella passeggiata per la città. Che dire? Niente male! E quindi pensavo: perché non mi fai fare un giretto nel tuo bel palazzo, così la gita è davvero completa? Qui da te sembra proprio un gran bel posto». Poi indicando la cena, come sempre trascurata, aggiunse: «Magari se ci facciamo una passeggiata poi ti viene un po' di appetito. Mangi qualcosa e il signor camercoso...».

«Camerlengo».

«Va bene, camerlengo, è contento e ti lascia un po' in pace. Che ne dici?».

Il Papa lo guardò con un misto di sospetto e divertimento. Cosa voleva quel gatto da lui? Quel gatto *parlante*. Piccolo dettaglio, ma certo non trascurabile. Era forse un ladro venuto a fare un sopralluogo? Decise che avrebbe comunque accettato la proposta e corso il rischio. L'idea di farsi un giro tra le bellezze del palazzo non gli dispiaceva. Anzi. Erano anni che si muoveva lì dentro senza quasi più notare tutto quello splendore e l'idea di avere qualcuno, qualcosa… insomma chiunque fosse quel gatto, al quale mostrare tutte quelle meraviglie gli metteva allegria.

«Va bene, andiamo. Però mi raccomando, stai pronto a nasconderti se incontriamo la sorveglianza, e soprattutto non mi stare vicino altrimenti…». Il gatto unì la sua voce a quella del Papa: «Comincio a starnutire!».

«Mi si scatena l'allergia, e quindi? Potresti almeno evitare di prendermi in giro?» disse il Papa, che la faccia arrabbiata non la sapeva proprio fare.

«Scusa», disse il gatto con un sorriso, «non ti preoccupare. Sarò discreto. Come un gatto». E ridendo gli fece anche l'occhiolino.

Il pontefice schiuse lentamente la porta, poi guardò a destra e a sinistra per assicurarsi che non ci fosse nessuno. Non voleva dover dare spiegazioni per quella sortita notturna, anche perché, nel caso, cosa mai avrebbe potuto dire?

Sto facendo da cicerone, nel cuore della notte e nonostante io sia allergico, a un gatto mio conoscente, che in realtà conosco molto poco e del quale non saprei dire con certezza che intenzioni abbia.

Lo avrebbero fatto ricoverare d'urgenza.

Per fortuna nel corridoio stancamente illuminato dalle candele alle pareti, non c'era anima viva.

«Andiamo» sussurrò al gatto, e i due, ben distanti, si incamminarono.

Attraversarono il parco, diretti verso le sale del museo, ma i viali e i giardini erano già, a modo loro, un trionfo di bellezza. Fontane, giochi d'acqua, tartarughe giganti, distese di fiori rarissimi, statue di grande eleganza si alternavano ad alberi da frutto e piante tropicali inviate in dono da tutto il mondo.

I riflessi della luna consentivano di indovinare tutti i colori e non si poteva fare a meno di chiedersi quanto ancora più belli sarebbero stati dopo l'alba, bagnati dalla rugiada e dalla luce del sole.

Quando entrarono nel museo, la prima sala che li accolse era talmente illuminata che il gatto per un istante serrò le palpebre per contrastare la lucentezza che sprigionavano gli ori e le creazioni di artisti inimitabili.

Il Papa notò che il gatto osservava, scrutava tutto con estrema attenzione.

«Il talento può realizzare opere inimmaginabili» disse sottovoce. «Ti piace?» aggiunse voltandosi verso il gatto, il quale però rispose quasi senza entusiasmo: «Sì, molto» e si spostò verso un'altra sala.

Il Papa per un attimo si dispiacque, ma in fin dei conti, si disse, cosa si aspettava da un gatto? Certo non una grande sensibilità artistica. Mentre la basilica di San Pietro dormiva, i due proseguirono la visita guidata... e scusate se è poco, guidata dal Papa!

Li aspettavano corridoi che nei secoli erano stati attraversati da regine e imperatori, si aveva la sensazione di passeggiare nella Storia. Fecero ancora su e giù per le antiche scale. Il Papa procedeva lentamente e allora il gatto tornava indietro saltellando e lo aspettava ai piedi di una statua, oppure si arrampicava in cima a una scultura in bronzo per ingannare l'attesa.

Quando la candida veste del Papa si stagliò luminosa nel corridoio, le due guardie sonnacchiose ci misero un po' a convincersi che non stavano sognando. «Il Papa? In giro da solo, di notte? Ma allora è vero quel che si dice, il grande vecchio comincia a perdere colpi». Però non osarono avvicinarsi. Si trattava comunque del Sommo Pontefice e quella era pur sempre casa sua. Nel dubbio, rispettando la scala gerarchica, avrebbero riferito l'accaduto al loro diretto superiore, e poi lui a sua volta... e a sua volta ancora... e poi su, ancora più su, fino al camerlengo, che come sempre sarebbe stato informato e di certo avrebbe saputo cosa fare.

Sempre a distanza di sicurezza dal Papa, il gatto si bloccò per commentare: «Ah, questo è bello, proprio bello». Stava indicando un magnifico planisfero. «Lo hai pagato molto?»

«Ma no», disse il Papa sorridendo teneramente, «no, no. Non l'ho comprato». Continuava a ridacchiare. «È il dono di una regina a un mio predecessore, il pontefice di tanto tempo fa. Immagino che abbia un valore inestimabile, però se anche qualcuno riuscisse a trafugarlo, non troverebbe mai un acquirente in grado di...»

«Non sono venuto per rubare». Il gatto si fece serio.

Rimasero in silenzio per un po'. Il Papa cercò di recuperare, gli dispiaceva aver detto quella frase e pensò che quel gatto quasi certamente era tante cose, ma di sicuro non era un ladro.

«Osserva bene questo dipinto. Se ti sposti continuando a fissare lo sguardo della dama che è stata ritratta, avrai l'impressione che i suoi occhi ti seguano, come se fosse...».

Don, don, don.

I rintocchi della campana quasi li spaventarono. Era davvero tardi, troppo rischioso continuare la gita al museo. Si lasciarono alle spalle mappe antiche, sigilli sacri, medaglie e monete con secoli di storia, e tornarono al sicuro negli appartamenti papali.

E qui accadde una cosa sorprendente, una notizia da edizione straordinaria: il Santo Padre dopo tanto tempo, probabilmente per via dell'allegra passeggiata notturna in compagnia, aveva fame. Sollevò il coprivivande e disse: «Vuoi favorire?».

Il gatto non rispose, continuava a fissare il pesce nel piatto, le verdure, e le patatine sapientemente affettate.

«Serviti pure» insisté il Papa con voce affettuosa.

Il gatto ringraziò e disse soltanto: «Se non ti offendi, porto via qualcosa».

E così quella notte, quasi all'alba ormai, nella piazzetta dei gatti ci fu un'allegrissima festa improvvisata, un banchetto degno di un re, anzi scusate, degno di un Papa. A proposito, i gatti alla fine della festa insistettero per sapere da dove arrivasse quel cibo così squisito, e il gatto nero candidamente rispose che era "la cena del Papa". Esplose una

MARE MEDITERRANEO

risata così forte da far tremare i resti dell'Antica Roma, qualche gatto fece una capriola all'indietro, Vasilij addirittura abbozzò un progetto di sorriso, e un gattone sdentato scoppiò a ridere sdraiato sul dorso, tenendosi la pancia con le zampe.

Soltanto Vittoria non rideva e guardava il gatto nero con dolcezza. Lui non se la prese neanche un po', perché sapeva da sempre che purtroppo, nella vita, molto spesso è più facile dire una bugia che non la verità.

5

Il sole era già alto quando il Papa si svegliò. Ed era tutto allegro. Da quanto tempo non si sentiva così? Certo, aveva qualche doloretto perché la passeggiata notturna era stata lunga, con tutto quel sali e scendi tra scale e scalette, ma si sentiva bene. Aveva mangiucchiato, aveva dormito e non gli era servita nessuna medicina per prendere sonno.

Quella camminata gli aveva fatto bene, ammirare quei capolavori gli aveva scaldato il cuore, ma la cosa ancora più importante era che adesso si sentiva meno solo. Anche il Papa può soffrire di solitudine. Già. Adesso però aveva la sensazione di aver trovato un amico. O almeno lo sperava.

Allo stesso tempo continuava a chiedersi – impossibile non farlo – chi fosse veramente quel gatto nero. Era simpatico, intelligente, ma a volte sembrava essere totalmente all'oscuro delle cose più ovvie, con l'aria però di chi la sa lunga, molto lunga, e si diverte a fare il finto tonto. La domanda tornava come una pallina tirata contro il muro: chi era quel gatto? Ammesso che fosse davvero un gatto parlante. E cosa voleva? Perché di sicuro qualcosa voleva. E perché proprio da lui? "Che sono pure allergico" pensò il Papa.

Il Santo Padre sapeva di non poter affrontare con nessuno quell'argomento. Pensò ai dottori, al camerlengo, ai sacerdoti più anziani, e immaginò subito la scena: «Certo, Santità, che incontro. Come definirlo? Affascinante. Un gatto che passa attraverso le finestre chiuse e parla. Be', a questo punto... diteci di più». Poi avrebbero convocato un consesso straordinario in cui ognuno avrebbe espresso il proprio parere, e tutti sarebbero usciti dall'assemblea con un'unica certezza: «Purtroppo è uscito di senno, peccato. Va fatto rinchiudere al più presto».

Eh no! Lui rimbambito non lo era affatto! Anziano, stanco, malato, con un cuore che andava ormai per conto suo, ma la testa ancora funzionava e anche molto bene. Decise allora che non ne avrebbe parlato con nessuno, ma allo stesso tempo avrebbe indagato. Quel gattone con il pelo lucido come la seta non era lì per caso, c'era un motivo. E lui lo avrebbe scoperto.

Neanche il tempo di finire quel pensiero e il camerlengo bussò. Ormai lo riconosceva dal rumore delle nocche sulla porta.

«Avanti» disse il Papa senza entusiasmo.

«Santità, ben alzato. Dormito bene? Stamattina vi siete concesso un bel sonno, cominciavamo quasi a preoccuparci».

«Mi dispiace dare a tutti voi così tante preoccupazioni», disse il Papa, «addirittura quando dormo!».

Il camerlengo, che non era uno sciocco, incassò in silenzio.

«Ieri sera in effetti mi sono addormentato molto tardi, tutto qui».

«A tal proposito, se posso permettermi, Santità, in effetti il primo attendente alle stanze, informato dal cappellano superiore, prontamente attenzionato dal...».

«Camerlengo, vi prego, risparmiatemi tutto l'ordine gerarchico e dite ciò che vi preme».

«Come desiderate. A un'ora molto più che insolita eravate in giro per le stanze del museo».

«Confermo. E come mai tutti hanno sentito l'urgenza di informare il proprio superiore per arrivare fino a voi? Hanno notato qualcosa di strano?».

C'era da aspettarselo, al solerte e onnipresente camerlengo non sfuggiva nulla. Mai.

Il Papa in realtà aveva un'unica grande preoccupazione: capire se qualcuno avesse visto il gatto, o peggio ancora, se avessero riferito che il Papa era in giro di notte a mostrare a un gatto quadri e sculture. Attese quindi con ansia la risposta del camerlengo.

«No, Santità, niente di strano, ci mancherebbe». Fissò dritto negli occhi il pontefice. «Però... voi siete così stanco a fine giornata, come dire... hanno trovato curioso che vi fosse venuta voglia di andare a spasso e così hanno preferito mettermi al corrente. Santità, qui tutti vi vogliono bene e si preoccupano».

«E io non smetterò mai di ringraziarvi e di pregare per voi».

Sorrise il camerlengo, sorrise il Papa. Pericolo scampato, del gatto nessuno sapeva nulla.

«La prossima volta, Santità, dovesse capitare ancora, vi prego, fatemi chiamare. Sarà per me un privilegio potervi accompagnare, a qualunque ora».

«Non mancherò» rispose gentilmente il Papa, che sotto i baffi rideva immaginando il momento delle presentazioni.

Signor camerlengo, sono lieto di presentarvi il gatto parlante; gatto parlante, date la zampa al signor camerlengo. Perfetto, adesso possiamo andare a passeggio.

Si limitò invece a dire: «Per qualche ora sarò in biblioteca. Fatemi chiamare solo per motivi davvero urgenti».

Veloce più di un gambero, il prelato tornò sui suoi passi. «Avviso subito il responsabile degli archivi, così potrà aiutarvi».

«No» fu la secca risposta del Papa, che si stupì di aver trovato quel coraggio. Anche il camerlengo rimase spiazzato. Il Papa tenne il punto, spiegando che in caso avrebbe chiamato per farsi aiutare, ma per il momento preferiva essere lasciato in pace.

Quando finalmente fu in biblioteca sentì di essersi fatto un regalo straordinario: era solo in mezzo a tutti quei libri, libero di cercare, studiare, capire, riflettere con calma senza nessuno lì a chiedergli ogni dieci minuti se era stanco, se tutto andava bene o se volesse fermarsi per riposare.

Qualche ora dopo era ancora immerso tra pile di testi antichi, libri sacri e volumi pesantissimi, ma il suo entusiasmo si andava spegnendo, perché non poteva essere più lontano di così dalla risposta che cercava. Quel gatto, dunque, chi era? Era forse una manifestazione del demonio? Nero, nero come la notte che ha ingoiato tutte le stelle. Nero, il colore del male. Continuava a cercare, soffiando via la polvere da pagine antichissime che parlavano di streghe, diavoli, gatti neri e superstizioni figlie dell'ignoranza.

La caccia alle streghe.

Aveva sempre odiato quell'immagine fatta di parole orrende. Caccia, dare la caccia… o anche cacciare via qualcuno. La sua missione invece era accogliere. E poi la parola *streghe*. Ma quali streghe? Povere donne innocenti che per ottusità e cattiva fede erano purtroppo salite al rogo. Il suo cuore si strinse ancora di più, schiacciato dalla lettura di quelle storie fatte di inumana ferocia.

Quante inutili sofferenze causate dalla cattiveria e dall'ignoranza. Perché l'ignoranza che crede di sapere genera disastri.

Basta, si disse.

Chiudendosi, il gigantesco volume fece un rumore che risuonò in tutta la biblioteca, e il Papa disse ancora una volta: «Basta». Si era reso conto che una risposta in mezzo a tutte quelle pagine l'aveva comunque trovata: il grande inganno, la più grande trappola per l'essere umano è il pregiudizio, la paura di ciò che non ci somiglia e ci sembra impossibile. Quel gatto voleva qualcosa da lui? Bene, non si sarebbe nascosto e avrebbe cercato di capire.

Con le mani dietro la schiena prese a camminare lentissimo, lasciandosi alle spalle quelle interminabili file di volumi. Si stava facendo un altro regalo: la possibilità di credere e di dubitare. Pensò che se da sempre credeva in una fede invisibile all'occhio umano forse allora poteva, o magari doveva, dare una possibilità a uno stranissimo gatto che voleva parlargli.

6

Trascorse qualche giorno piuttosto faticoso per il Papa, ma per fortuna, proprio quando cominciava a preoccuparsi, giunta la sera di quello che poteva essere un giovedì, il gatto si fece vivo di nuovo. Il pontefice lo accolse senza avvicinarsi, ma con un gran sorriso, e per via di un improvviso vuoto di memoria dimenticò di avvertire il camerlengo. Ridacchiò confidandosi con il gatto: «Sono anziano, stanco, molto malato. Me lo ricordano sempre. E quindi anche la memoria ormai è quella che è».

«Ma, Santità...» fece il gatto, imitando il camerlengo.

«Lo so, lo so. Una piccola marachella ogni tanto me la posso concedere anche io».

Questa volta decisero di cambiare programma e salirono molto lentamente fino a una splendida terrazza. Le opere custodite nel museo erano meravigliose, come negarlo, ma quella notte lì sembrava disegnata dal più grande artista dell'universo. Il gatto saltò su una balaustra e tutti e due rimasero senza parlare, con il naso all'insù. Il genio che aveva realizzato quel capolavoro aveva aggiunto anche una melodia di pianoforte in lontananza, per completare l'opera.

Il Papa si voltò piano piano, sperando di non dare nell'occhio, per osservare il suo fedele accompagnatore, strano e misterioso quanto vogliamo, ma per lui era ormai un amico. L'unico amico che avesse al suo fianco. Certo, era sempre circondato da un elenco sterminato di persone, ma qualcuno si preoccupava davvero di lui? Di come stava il suo cuore? Non di quanti battiti facesse in un minuto circa – quello lo sapevano tutti, e chi non lo sapeva veniva costantemente aggiornato – ma di quello che c'era dentro. Qualcuno glielo aveva mai chiesto?

Tornarono giù negli appartamenti, e anche stavolta il Papa si concesse un allegro spuntino. Naturalmente invitò il gatto a mangiare con lui.

«Ma se preferisci, portati via quello che vuoi. Non voglio sapere niente, prendi tutto quello che ti serve. Non so dove vai con tutto questo cibo, ma mi fido. Fai pure».

E così, quella notte, nella piazzetta dei gatti ci fu un'altra grande festa. Anche Ettore, che si era trascinato vicino a loro, ebbe la sua parte, e anche lui ridacchiò alla spiegazione del gatto, che non mollava: «Voi chiedete e io ve lo dico: è la cena del Papa». E sorridendo a Vittoria aggiunse: «Ha pure insistito».

Il pomeriggio seguente, dopo una lunghissima mattinata fatta di consultazioni, obblighi istituzionali e un discorso ad alcune autorità venute in visita dall'estero, il Papa stremato e forse anche un po' annoiato si concesse un non brevissimo riposino. Quando si svegliò si convinse di essere ancora in un sogno: il gatto nero era acciambellato sopra di lui, un'enorme macchia nera lucente sulla sua veste bianca. Chiuse gli occhi, li riaprì. Il gatto c'era ancora. Era un'immagine sfocata, ma era proprio lì, sopra di lui. Allungò la mano e prese gli occhiali. Ora il gatto era "a fuoco", in carne, ossa, e soprattutto *pelo*.

Etciù, etciù, etciù.

Una raffica di starnuti fece sobbalzare il felino.

«Ehi, ma che ti prende? Stavo dormendo».

«Io», sottolineò il Papa, «stavo dormendo». Si asciugò il naso con il fazzoletto, cercando di mettere fine a quella sequenza di starnuti.

Il gatto rideva. «Ma almeno, dico io, non puoi starnutire piano piano? Ora arriverà il camerlengo, lo sai!».

«No, per fortuna è in giro con i nostri ospiti. Per ora siamo al sicuro». E tutti e due ridacchiarono come vecchi amici.

«Senti», disse il gatto andando verso l'imponente libreria alle spalle del Papa, «senti, tu che hai studiato tanto, leggi sempre...». Parlando avanzava, finché il Papa gli intimò di fermarsi.

«Per favore, stai lontano».

«Ecco, appunto. Proprio di questo ti voglio parlare. Tu sei davvero convinto di essere allergico, allergico a me. Che il mio pelo ti sia insopportabile».

«Cosa c'entra? Sì, ho studiato, certo, ma non per fare il medico. I dottori sono certi che io...».

«Ti ripeto la domanda. Pensi davvero di essere allergico a me? Credi davvero che il problema sia io, e che non sia possibile che magari si tratti di qualcos'altro?».

Il Papa non si sentiva a proprio agio. Pensò che forse era arrivato il momento di parlare, e finalmente capire.

«Qualcosa? Qualcos'altro? Che vuoi dire? Ci sono dei dottori che mi curano notte e giorno e sanno benissimo cosa ho. Dicono che... ma poi, scusa, cosa devo spiegarti? Sei un dottore tu? Non credo proprio. E allora su, scopriamo le carte. La verità può essere dolorosa, ma almeno libera dalle angosce. Si può sapere chi sei?» Nonostante lo slancio che lo aveva portato a fare quella domanda, a quel punto il Papa ebbe paura della risposta. I due si studiarono in silenzio, poi il gatto fece un respiro profondo. Non era arrabbiato, ma il suo muso era diventato tutto serio.

«Vuoi sapere chi sono. Bella domanda. Ma io ne ho una ancora più bella. Non devi rispondere subito, magari la prossima volta che andiamo a farci un giro. Dimmi un po': tu, sei felice?».

7

Nessuno badò allo splendido gatto nero che attraversava la piazza. Andava lento, lasciandosi alle spalle il colonnato con la sua particolare forma che si apriva o si chiudeva, a seconda dei punti di vista, come un gigantesco abbraccio. Spesso però finiva per non stringere niente e nessuno, perché la vita, quella vera, aspettava oltre le colonne, più in là, in basso, senza pavimenti lucidi e statue di marmo.

Il gatto pensava queste cose e intanto si avvicinava alla comunità felina in cui ormai si sentiva a casa. Arrivò e si distese sotto un albero, senza disturbare gli altri che sonnecchiavano. Non si addormentò, doveva pensare, e in più nutriva l'inconfessabile speranza che Vittoria passasse di là.

Gli avrebbe fatto piacere, inutile negarlo, rivedere i suoi occhi così accesi, che cambiavano colore all'improvviso. Verso sera la osservò scendere tra i riflessi della luna, giù per le scalette. Si stava lucidando i baffi con grande eleganza. Appena lo notò gli sorrise.

«Ciao! Ero quasi in pensiero».

Al gatto piacque molto quell'attenzione nei suoi confronti.

«Ero in giro, sono tornato per riposarmi un po'».

«Ah!». Lo sguardo di Vittoria si illuminò. «Se hai fame, sappi che il cameriere della locanda in fondo alla via ha appena portato fuori un sacco con gli avanzi della serata. Magari non è al livello delle tue cene, però fuori menù avevano della spigola deliziosa. Giuro!».

«Grazie. Sei sempre molto gentile, ma non ho fame».

«Uhm». La gatta lo guardò attentamente. «Brutti pensieri?».

«Diciamo che devo risolvere una faccenda, ma mi sono accorto che è molto più complicata di quanto potessi immaginare».

«Ti posso aiutare? Se serve più di una zampa ci sono anche gli altri».

Il gatto sorrise. «No, peccato, non potete aiutarmi. Però che ne dici se andiamo a fare un giro?».

«Certo! Sono bravissima come guida turistica. E poi passeggiare aiuta. Molto spesso aiuta a pensare. Pensare passeggiando è meglio che pensare stando fermi».

«Eh?» fece il gatto.

«Si vedono le cose da un altro punto di vista e magari mentre passeggiamo qualcosa cambia, e cambiamo anche noi, e alla fine, dopo tanti passi, magari trovi la soluzione al problema che avevi all'inizio».

La dolcezza, l'entusiasmo, la forza che quella creatura regalava agli altri, senza neanche saperlo, era contagiosa. Il gatto uscì dal suo torpore e dovette subito accelerare perché la sua amica era già sparita in una viuzza laterale. Ora avanzavano fianco a fianco, deviando fra strade e vicoli che nonostante l'ora erano ancora pieni di gente. Ai tavoli di un ristorante, un gruppo di giovanotti trovava sempre un motivo per un altro brindisi, e un altro ancora. Il cameriere stanco, in piedi sulla porta, con la sua presenza sperava inutilmente di far capire che era ora per loro, e soprattutto per lui, di tornare a casa. Niente da fare, c'era già un altro brindisi in partenza, e allora si consolava con il pensiero di una buona mancia che ricompensasse il servizio e la pazienza. Almeno quella.

Poco più avanti una mamma e il suo bambino

contavano le monetine della loro giornata da ambulanti. C'era anche qualche coppia a passeggio, le teste inclinate l'una verso l'altra e il fiume indolente che contava i loro baci. Giovanissimi alle prese con i sussulti del primo amore, inesperti e appassionati, e qualche coppia sottobraccio, magari un po' appassita ma rimasta salda per affrontare insieme i giorni. In giro c'erano anche gli innamorati delusi, quelli non corrisposti, anime in pena che si aggiravano nella notte trascinando i passi. Quelli che quando incontrano una coppia felice si girano a guardare in un misto di invidia e tenera disperazione.

Purtroppo la stupidità è sempre dietro l'angolo, e infatti dopo aver svoltato nei vicoli del centro, i due gatti incontrarono uno di quelli che appena vede un felino, addirittura nero, si sente in diritto di battere forte i piedi e gridare, oppure prodursi in uno strano sibilo per spaventare due amici che invece stanno semplicemente passeggiando senza dare fastidio a nessuno. La gatta fece segno al gatto di tirare dritto senza scomporsi più di tanto.

Ancora avanti, in un piccolo slargo, due vecchietti, moglie e marito, giocavano a carte davanti alla porta di casa. Un tavolino più vecchio di loro, sedie di paglia molto consumate, loro due che ridevano a ogni punto perso o conquistato, e si sfioravano la mano. I due gatti si fermarono per un po' a godersi la partita.

Tornando verso la piazzetta incontrarono un musicista di strada con il violino già nella custodia. Indossava un vestito stropicciato dagli anni, dettaglio che però non toglieva nulla alla sua eleganza, e quando li vide passare tese una mano per salutare Vittoria. La gatta dagli occhi d'oro ricambiò con un sorriso e un giro tra le gambe di quel signore così gentile.

«Lo conosci?» chiese il gatto, quando si erano già allontanati.

«Certo, conosco tutti qui nella zona, e tutti conoscono me. Sono nata e cresciuta per strada, lo sai. Quel violinista è davvero bravo e d'inverno mi piace starmene nella custodia del suo strumento mentre suona. Lo ascolto per ore. E poi molto spesso i passanti sono più generosi quando mi vedono accoccolata lì, e lui per ricompensarmi a fine serata mi compra qualcosa da mangiare».

Ormai erano quasi tornati, ma Vittoria fece un'ultima deviazione. «Vieni, passeggiamo lungo il fiume, ti voglio presentare un altro amico».

Il gatto vide un uomo che dormiva avvolto in una coperta, i suoi panni logori se ne stavano appesi lì vicino ad asciugare. A fare la guardia c'era un cane. Dormiva, ma si capiva benissimo che sapeva farlo con un occhio solo e infatti tirò subito su la testa. Il gatto si bloccò. Vittoria fece subito un cenno di saluto che il cane ricambiò, per poi tornare ad addormentarsi.

«Come si chiama non lo so. Ogni tanto fa un salto da noi per rimediare qualcosa» spiegò lei. «Vengono da lontano, lui e il suo amico. Lui non parla con nessuno e quando parla non lo capiamo, ma ormai ci intendiamo a gesti, basta e avanza».

Era quasi l'alba quando rientrarono nella piazzetta dei gatti.

«Grazie» disse il gatto nero.

«È stato un piacere. Spero che la passeggiata ti sia servita».

Stavano per dirsi buonanotte, quando il gatto saltò su e chiamò: «Vittoria!».

«Dimmi».

«E se ti dicessi che sono venuto per il Papa?».

La gatta si tirò su lentamente. «Senti, tu a me non devi spiegare proprio niente. Fa parte delle regole».

Il gatto restò deluso da quella risposta, che non si aspettava.

Vittoria continuò: «Ma se mi guardi dritto negli occhi e mi racconti, io ti crederò. Se mi dicessi, guardandomi negli occhi, che sei amico del Papa, ti crederei».

8

Un grande scrittore ha detto che tutti abbiamo una vita pubblica, una vita privata, e una segreta. Tutti. Anche il Papa. Solo che nel suo caso, la sua vita privata, ormai da anni, era stata assorbita da quella pubblica. L'agenda, lì sulla scrivania, era sempre strapiena di impegni ufficiali, e quando c'era un minimo spazio bianco, ecco che subito il camerlengo lo riempiva con altre visite mediche e controlli di ogni genere, perché: «Santità, non vorrete certo trascurare il vostro cuore! La vostra salute ormai...».

C'erano le ore di preghiera, certo, ma neanche allora il Papa riusciva più a restare solo. Almeno il tempo di chiudere gli occhi e abbandonarsi a un dubbio, o anche a una domanda sciocca. Un minuto per pensare.

Adesso però il Santo Padre aveva deciso di vivere un'inconfessabile vita segreta. Sì, perché di notte c'era quel misterioso gatto nero che lo andava a trovare, e insieme passeggiavano nei giardini – se non faceva troppo freddo – oppure nello splendore di quel palazzo senza tempo.

Proprio durante quelle passeggiate notturne il Papa iniziò a sentirsi meno solo. Quel gatto, ammesso che fosse davvero un gatto, era simpatico. Sapeva ascoltare, e quando erano insieme il Papa si sentiva bene, si sentiva meglio. Altro che tutte quelle medicine. L'unica accortezza, ormai lo sapevano, era stare a distanza l'uno dall'altro, per via di quella allergia sconosciuta, contratta probabilmente nel corso di qualche viaggio lontano, e che avrebbe potuto far precipitare le condizioni di salute del pontefice.

Una notte il Papa aveva chiesto al suo amico: «Perché preferisci la compagnia di un vecchio a quella dei tuoi simili?».

Il gatto gli aveva risposto con grande semplicità: «Ma guarda che siamo tutti simili».

Il tempo volava ogni notte. All'alba si salutavano e non c'era neanche bisogno di dirsi: «Ci vediamo!». Sapevano che si sarebbero rivisti.

Il Papa cominciò a pensare di aver trovato la sua piccola felicità, di poter vivere in pace con se stesso e con il mondo quel poco o tanto che gli restava. Era felice, ma si sa che prima o poi tutti dobbiamo fare i conti con quello che siamo. O dovremmo essere. La verità ti viene a cercare e, anche se pensi di essere al sicuro, ti trova. Spesso poi arriva da te attraverso strade delle quali nemmeno immaginavi l'esistenza.

«Ce l'hai un mantello scuro?» chiese il gatto, appena entrato nella stanza.

Il Papa stava pulendo gli occhiali, già molto allegro all'idea dell'ennesima passeggiata notturna. Si voltò e chiese con lo sguardo: *perché?*

«Non puoi uscire vestito così. Come dire... brilli un po' troppo di notte!». Il Papa però non voleva uscire dal palazzo. Perché quella sortita imprevista? Non ne capiva il motivo, ma il gatto era fermo lì al centro del salone e lo guardava fisso, senza il sorriso di sempre.

«Non dirmi che in un palazzo enorme come questo non c'è un vecchio mantello nero!».

Il Papa, messo alle strette, decise di rischiare e ripescò un vecchio mantellaccio da uno degli armadi.

«E dove dobbiamo andare?» chiese mentre lo indossava, ma il gatto era già nel corridoio e non rispose.

Raggiunsero, senza incontrare nessuno, una piccola uscita laterale. Il Papa non l'aveva mai usata, ma conosceva ogni angolo del suo palazzo. Si ritrovarono al buio, in strada, e scelsero da che parte incamminarsi.

Il Papa su un lato della strada, mantello e cappuccio, quasi un'ombra in quella notte di poche stelle, e il gatto sul marciapiede opposto, senza forzare mai l'andatura per evitare che il suo amico si affaticasse. Non parlavano, anche se il pontefice avrebbe voluto chiedere dove stessero andando, e soprattutto perché. Quella passeggiata non aveva il sapore dei loro consueti giri notturni. Certo, la città era bellissima, ma la vita, quella vera, prendeva il sopravvento sulla bellezza.

Il gatto svoltò in un vicolo, il Papa fece lo stesso dopo di lui e si trovò davanti un disperato che con i suoi stracci stava cercando di sistemarsi per la notte sui gradini di un portone. Cercando di non disturbare abbassò lo sguardo e tirò in avanti il cappuccio, come per nascondersi. Provava l'istintiva tentazione di accelerare il passo, per una specie di strano pudore, una sorta di imbarazzo nei confronti di quel poveretto. Ma poi riuscì a dirsi la verità: i poveri sono come uno specchio, ci fanno paura, per questo non li vogliamo vedere. Allora si fermò e si girò per guardarlo bene. Laggiù, in basso, lontano ma non troppo dalle sue finestre, c'era il mondo, c'era la vita, o meglio, la vita che faceva a botte con la fame e la solitudine.

Il Papa quasi si dimenticò del gatto, avanzava continuando a cambiare strada, svoltava a sinistra, poi dritto, poi in un altro vicolo, in un'altra traversa, ma l'immagine era sempre la stessa. Quello era il suo gregge: gli sconfitti, gli scartati, anime e corpi senza speranza.

Un vento venuto da chissà dove li raggiunse all'improvviso nei vicoli, e il vento, si sa, misura la tua forza e la tua debolezza. Il gatto camminava tranquillo, sentendo quell'aria fredda sul muso, senza mai perdere di vista il Papa che invece arrancava sempre di più. Il vento gli entrava nei pensieri e poi scendeva giù nell'anima. Avrebbe voluto tornare indietro, ma non ci riusciva e cominciò a tremare. Voleva scappare, ma doveva, voleva, guardare ancora il volto di quei disperati con i loro fagotti da niente e le loro coperte bucate. Chi mai avrebbe potuto immaginare che a un passo da loro, sotto un vecchio mantello nero, stava passando il Santo Padre, scelto per prendersi cura di tutti, e soprattutto di loro.

Eh, già. Era proprio lui, il Papa, e dopo tanta strada alla fine si arrese davanti a una vecchietta bellissima.

Tutte le rughe del mondo passavano su quel viso, al tempo stesso illuminato da due occhi che neanche la miseria e la tristezza erano riusciti a spegnere. Era seduta su una vecchia cassa di legno e un enorme scialle le faceva da ombrello e da coperta. Canticchiava sottovoce, dondolandosi per farsi compagnia. Una tettoia bucherellata era la sua casa, insieme a un banchetto per vendere le sue preziose cianfrusaglie ai turisti. Il vento andava e veniva, su e giù, sempre più forte.

Il Papa si avvicinò a quella donna, mentre il gatto, per pudore, rimase a guardare da lontano.

Cosa si dissero probabilmente non lo sapremo mai. Quello che sappiamo è che anche il gatto rimase a bocca aperta quando il Papa si tolse il mantello per offrirlo a quell'anziana signora che, felice com'era per il regalo appena ricevuto, neanche badò alla veste bianca di quell'uomo così gentile. Per ricambiare gli offrì un piccolo fiore stropicciato. Il pontefice se lo portò al petto e poi con grande cura lo infilò in una tasca del vestito. Ancora un sorriso, poi il Papa si girò per cercare il gatto. Era tardi, il vento era diventato una bufera e il Papa non aveva più il mantello nero. Bisognava rientrare.

Lungo la via del ritorno per fortuna incontrarono soltanto un paio di simpatici ubriaconi che provarono a gridare: «C'è il Papa! C'è il Papa a passeggio!». Naturalmente nessuno diede loro retta. Della verità si fidano sempre in pochi, perciò quegli uomini ottennero come risposta soltanto qualche frase becera e un paio di secchiate d'acqua, evitate davvero per un pelo.

Gatto e pontefice rientrarono negli appartamenti papali. Il Santo Padre non disse una parola, provò a sedersi in poltrona e lentamente tirò fuori dalla tasca il piccolo fiore che aveva ricevuto dalla signora. Lo guardò ancora e infine si alzò di nuovo, nonostante la stanchezza. Arrivò alla finestra e rimase lì per un bel po', a fissare il buio dal quale erano appena riemersi.

«Ti dispiace se resto qui a dormire per un po'? Sono molto stanco. Non mi avvicino, ti do la mia parola» disse il gatto.

Il Papa quasi non lo ascoltò, il vento soffiava furibondo, i getti delle fontane sbandavano impazziti in tutte le direzioni. In lontananza i cani ululavano nel buio e lui, dritto davanti alla finestra, tremava, ma non per il freddo.

9

Il Papa osservava il gatto che dormiva sul tappeto.

Lo fissava e nonostante quello ronfasse, incurante di tutto e di tutti, era il Papa che si sentiva osservato. La sensazione era come di essere... nudo. Spogliato del suo lungo abito bianco, completamente inerme. Quel gatto cosa era riuscito a fare? Lo aveva costretto a guardare dentro e fuori da sé, e quello che aveva visto non gli era piaciuto molto, anzi. Al posto dell'uomo forte e coraggioso di un tempo, chi c'era adesso? Un signore anziano, spaventato da tutto, rassegnato. Il pastore, il padre di tutti. Non più il faro di quelli che devono ritrovare la strada, ma piuttosto un lumicino dalla fiamma così debole che si sarebbe spento al primo colpo di vento.

Era angosciato, ma era anche tanto stanco, e così si appoggiò sul letto. Non si reggeva in piedi. Chiuse gli occhi per cercare un minuto di pace. Per scappare.

Il mattino dopo, quando si fecero spazio tra le tende, i raggi del sole trovarono entrambi svegli. Anche se non parlavano, stavano là in silenzio.

Il gatto ogni tanto posava lo sguardo sulle scarpe del Papa tutte sporche di terra e una strana aria soddisfatta si dipingeva sul suo muso.

Il Papa all'improvviso si fece coraggio e chiese: «Perché siamo usciti ieri notte?»

«Oh, finalmente. Pensavo tu avessi perso la parola. Qualche giorno fa ti avevo chiesto se eri felice, ti ricordi?». Il Papa cercò di alzarsi dalla poltrona, sulla quale era sprofondato dopo essere sceso dal letto. Provò a difendersi. «Non è colpa mia se vivo qua dentro, con un tetto sulla testa e un piatto caldo in tavola».

«Per favore!» lo fermò il gatto. «Rispondi alla domanda, sei felice?».

Un paio di colpi sulla porta, giusto in tempo. Forse per una volta l'arrivo del camerlengo aveva salvato il Papa da una situazione scomoda.

«Santità, posso?»

Il gatto si defilò dietro una tenda e il prelato entrò nella stanza.

«Come vi sentite stamane? Buongiorno!». Ma lo sguardo del camerlengo si posò immediatamente sulle scarpe sporche vicino a letto. «Santità, voi volete proprio farmi disperare. Dove siete stato? Anche stanotte siete sceso nei giardini con quel vento, con quel freddo! Ve lo ripeto ancora una volta, non è opportuno per la vostra salute uscire da solo al buio e con tutta quell'umidità, poi... Faccio chiamare subito i medici. Intanto tornate a letto, speriamo non vi siate preso un'influenza!».

«NO!» Il tono del Papa non ammetteva repliche.

Il camerlengo per una volta restò senza parole.

«Lasciate stare i medici», continuò il Papa. «Lasciate stare i medici, l'influenza, le mie scarpe...», stava parlando in modo brusco e seccato, una novità assoluta per chiunque, soprattutto per il camerlengo. «Piuttosto, stavo pensando... se li aprissimo al pubblico, i nostri giardini? Sono belli, sono bellissimi. Ma chi li vede? Vi sembra giusto? Ho pensato che potremmo fare così. Le persone che non se lo possono permettere entrano gratis, possono visitare i giardini, i musei, le sale con le opere più belle. Le persone ricche invece pagano il biglietto, poi con i soldi incassati mettiamo in piedi una bella mensa per i più bisognosi. Una lunghissima tavolata tutti insieme e, alla fine, io potrei passare a salutare, parlare con i bambini e leggere per tutti una bella parabola».

«Volete anche servire ai tavoli?», aggiunse il camerlengo.

Il Papa fece finta di non cogliere l'ironia e sorrise: «Certo, con grande piacere».

«Santità, io veramente non so cosa dire...».

«Cosa c'è da dire? Proprio niente. C'è solo da fare. Ecco, su, diamoci da fare!».

Il camerlengo pensò che dirgli chiaro e tondo che secondo lui era una follia, frutto della fantasia di un vecchio pazzo, non fosse la soluzione più adatta. Come sempre preferì fare il giro largo e non prendere la strada dritta. E poi, era convinto che i pazzi vanno assecondati, ignorando che senza un filo di pazzia le cose tristi e brutte della vita non cambierebbero mai.

«Santità, posso sedermi un attimo? In effetti anche secondo me è una bellissima idea, la vostra, o almeno lo sarebbe ma...».

«Ma?»

«Santità, voi siete un uomo molto anziano, forse troppo, e sempre tanto stanco per affrontare una simile iniziativa... E poi è una decisione che non possiamo certo prendere da soli, noi due... Immaginate soltanto le autorizzazioni, i permessi, il servizio di vigilanza... Credo sia necessaria come minimo un'assemblea generale con i cardinali, i responsabili della sicurezza, gli addetti alle opere d'arte... e mi fermo qui per non annoiarvi. Insomma, non è una cosa così semplice da realizzare come l'avete dipinta voi».

Il camerlengo approfittò dell'esitazione del Papa e affondò il colpo.

«E soprattutto prima dovremmo assolutamente parlarne con i professori, i medici, gli specialisti che vi seguono per capire se le vostre condizioni di salute lo permettono.

«Lasciate stare il mio stato di salute. Parlerò io con i medici, sono anni che non mi sento così bene, così in forma».

«Oh, ne ho piacere, mi fa molto piacere, Santità, ma ciò non toglie che saranno necessarie moltissime valutazioni».

Al Papa ormai era evidente che, non appena varcata la soglia dei suoi appartamenti, il camerlengo avrebbe solo remato contro l'insana proposta partorita da un vecchio pazzo.

Si salutarono e con le sue solite mille riverenze il camerlengo uscì.

Dopo qualche istante i pensieri del Papa furono interrotti da un rumore improvviso, *sbadabam!*, seguito da qualche lamento e più di una voce che gridava: «Presto, un medico, chiamate un medico!

Mamma mia, speriamo non si sia rotto una gamba...».

Subito dopo con l'aria innocente fece capolino il gatto nero.

«Ah, sei ancora qua tu? Cos'erano quei rumori in corridoio?» gli chiese il Santo Padre.

«Credo che il camerlengo sia inciampato per le scale, purtroppo».

«Purtroppo...» disse il Papa.

«Purtroppo» disse anche il gatto.

10

Il Papa rimase qualche giorno ad aspettare, ma era davvero così difficile organizzarsi per fare del bene, per farlo concretamente. Insomma, una minestra per chi aveva fame, un tetto per chi aveva freddo e il sorriso per chi era malato di solitudine. Guardava la sua agenda sulla scrivania: incontrare il presidente di qua, visite ufficiali del segretario di là, e intanto fuori c'era il mondo che aspettava. Allora decise di fare di testa sua.

Il progetto, si disse, era bello, semplice, chiaro. Lo mise per iscritto e si incamminò con fiducia lungo gli sfarzosi corridoi del palazzo. Voleva rendere ufficiale la sua richiesta, così nessuno avrebbe più potuto fare finta di niente, fare finta di non sapere. Non poteva certo immaginare che la prima difficoltà sarebbe stata accedere a un ufficio di cui, senza falsa modestia, era proprio lui il vertice più alto, almeno in linea di principio.

«Desiderate?» sorrise l'addetto allo sportello.

«Buongiorno, vorrei rendere ufficiale, come dire, protocollare, una mia richiesta».

L'addetto lo guardava in attesa di qualcosa.

«Sono il Papa» aggiunse lui, sapendo di dire una ovvietà.

«Sì, certo, lo so bene chi siete, ma... ma serve un documento, lo avete?»

«Veramente no, non pensavo servisse».

«Santità, proprio voi! Per legge chiunque è obbligato a circolare con un documento, non lo sapete? E poi per accedere qui, all'ufficio richieste e protocolli, bisogna lasciarlo in deposito alla segreteria. È il protocollo, appunto».

«Ora mi è chiaro. Potete però risparmiarmi la fatica di tornare nei miei appartamenti a prendere il documento? Magari posso fare una dichiarazione firmata in cui appunto, dichiaro e affermo sotto la mia responsabilità di essere veramente il pontefice?». E sorrise.

L'addetto ricambiò il sorriso.

«Potrebbe essere una soluzione».

«Bene» disse il Papa.

«Certo, poi dovrei farla approvare».

«E da chi?»

«Be', dal vostro segretario particolare, che comunque fa riferimento a voi. La richiesta però potrebbe rivelarsi non valida, mi capite, vero?».

Il Papa cominciava a spazientirsi, ma pare che il Sommo Pontefice, chissà perché, non possa perdere mai la pazienza, quindi cercò ancora di insistere senza esagerare.

«Aspettate, mi consulto con il mio superiore».

Lo zelante e diligente addetto si allontanò per una decina di minuti, lasciando il Santo Padre ad attendere il responso. Infine tornò trionfante come un inventore uscito dal laboratorio dopo una scoperta straordinaria. «Allora, per questa volta, solo per questa volta, chiudiamo un occhio. Dovete solo compilare il modulo».

«Quale modulo?»

«Il modulo unico di autocertificazione, dove autocertificate di essere il Papa».

«Perfetto».

L'addetto cominciò a cercare, scartabellare, aprire faldoni, ma poi disse sconfortato: «Santità, diciamo che non è il vostro giorno fortunato. Abbiamo finito i moduli. Poco male, manderò subito un collega a prenderne uno all'ufficio cancelleria e registri, scusate».

Il Papa a quel punto stava facendo fatica a trattenersi.

«Ma non posso semplicemente scrivere su un foglio che sono il Papa e mettere una firma? Se volete ne metto due. Sua Santità, autocertifico di essere Sua Santità». E sorrise garbatamente.

L'addetto invece disse: «Ma voi volete scherzare? Su un foglio di carta? Il modulo! Ci vuole il modulo, va compilato, firmato, timbrato, archiviato e messo agli atti. Altrimenti se un giorno viene fuori che voi non siete veramente il Papa, io come mi giustifico?»

«Per carità! Aspettiamo il modulo, lungi da me volervi mettere nei guai».

Seguì tutta la trafila: andare a prendere il modulo, aspettare, tornare con il preziosissimo documento, compilarlo e finalmente firmare. Il tutto durò circa un'ora, ma il Papa si fece coraggio. Non voleva mollare, e si ripeteva che valeva veramente la pena aspettare e insistere pur di portare avanti la sua idea.

«Bene, adesso che sono senza alcun dubbio il Papa, posso accedere all'ufficio per rendere ufficiale, scusate, per far protocollare, il mio progetto?».

L'addetto non era certo che fosse una battuta, nel dubbio abbozzò un sorriso e fece accomodare il Papa all'interno. Lì lo aspettava un signore molto più anziano di lui, piccolo piccolo, nascosto tra montagne di cartelline e cartellette. Nemmeno alzò gli occhi.

«Dite pure».

«Ecco, sono venuto a chiedere di protocollare, e rendere quindi ufficiale, una mia richiesta per un progetto molto importante, che ho elaborato io stesso».

«Voi sareste?».

Forte della sua preziosa autocertificazione, il pontefice rispose secco: «Il Papa».

Il responsabile si tirò su dalla sedia, come i pupazzi sorridenti che scattano con la molla fuori da una scatola di latta, e spalancò il sorriso delle grandi occasioni. «Santità! Quale onore, scusate se non vi ho riconosciuto subito, ma guardate voi stesso le pile di pratiche da valutare, approvare, scartare, timbrare». Per fortuna aveva finito i verbi a sua disposizione.

«Vedo che lavorate davvero tanto, non oso immaginare le vostre difficoltà e vi ringrazio per l'impegno».

«Santità, ditemi cosa posso fare per voi».

«Ho elaborato questo progetto e volevo che fosse protocollato per avviare la procedura per l'attivazione. Si può dire così? Sa, non saprei. Si dice così?».

«Fatemi vedere». L'uomo gli prese il foglio dalle mani, inforcò gli occhiali e si mise a scrutare riga per riga con grande attenzione. Mentre leggeva aggiungeva sottovoce: «Bello, molto bello, bellissimo».

«Grazie» disse il Papa, che finalmente si sentiva quasi in porto.

«Bellissimo, ma purtroppo non ci siamo proprio».

Il sorriso del Papa si spense. Guardò l'uomo, incredulo. «C'è qualcosa che non va?».

«Santità, perdonatemi. Quasi tutto non va. Per un progetto così grande mancano i bolli, manca la sezione e l'allegato. Voi non mi avete preparato neanche l'allegato!».

«Be', un problema per volta» disse il Papa. «Quale bollo serve?».

«Il bollo necessario a rendere valide le richieste come la vostra che pervengono a questo ufficio».

Il Papa cominciò a soffiare come soffierebbe un gatto prima di un combattimento.

«Ah, e chi lo applica questo ben...». Stava per dire *benedetto*, ma ricacciò indietro la parola e disse: «Chi lo applica questo bel bollo?».

«Che domande! Viene ovviamente applicato dall'ufficio bolli e francobolli».

«Capisco. Dove si trova questo ufficio?».

«Santità, non ve la prendete con me, ma proprio ieri l'altro è stato spostato».

Il Papa chiuse gli occhi. *Calma,* si disse. Non era più così certo che la pazienza fosse la virtù dei forti, ma doveva rimanere calmo.

«Dove, dove è stato spostato?».

«Purtroppo non abbiamo ancora ricevuto una comunicazione in via ufficiale, mentre in via ufficiosa... be', in via ufficiosa non sono autorizzato a fornire questa informazione».

«Neanche al Papa?».

«Neanche al Papa».

C'era da ridere o c'era da piangere? Al Papa venne in mente quello scioglilingua per bambini che non lo aveva mai divertito: "Il questore in questura a quest'ora non c'è". Da venti minuti stavano cercando di scoprire in via ufficiale e ufficiosa dove fosse l'ufficio, e intanto il suo progetto non era stato nemmeno preso in considerazione. C'erano già mille problemi, mille intoppi.

Lì in piedi, in quell'ufficio, si sentiva perso. Arrivò per un attimo a ipotizzare che forse era tutta opera del camerlengo e subito se ne vergognò, perché non era da lui pensare male degli altri.

Possibile che fosse tutto così difficile, veramente? Possibile? Anche fare del bene?

O forse era giusto così? Il suo tempo era compiuto, lui era vecchio, stanco, malandato, magari non era più compito suo. Doveva limitarsi a seguire la sua agenda, dare il buon esempio senza più ascoltare le idee, le domande e le fantasie di quel gatto nero. Salutò senza entusiasmo il responsabile dell'ufficio, che però gli corse dietro in corridoio: «Santità, tenete i vostri fogli!».

«Buttateli» rispose il Papa senza neanche girarsi, e a testa bassa si incamminò verso i suoi appartamenti.

11

«Un mio amico diceva sempre che non è vero che ci manca il tempo, siamo noi che manchiamo a lui».

Il gatto era apparso nello studio del Papa, che gli disse un "ciao" privo di qualsiasi entusiasmo.

«Cosa hai detto?».

«Dicevo che è una bugia quella del tempo che non è mai abbastanza per fare le cose». Saltò sulla scrivania e cominciò a giocherellare con l'agenda. «In realtà ne sprechiamo tantissimo facendo cose poco importanti».

«Per favore, scendi».

«Scendo».

Il gatto si sistemò davanti al Papa.

«Ti posso parlare? Rispondo io per te: sì. Allora, cosa abbiamo scoperto l'altra notte in mezzo alla strada? Che i poveri non sono poveri soltanto il 25 dicembre. Hai notato che quando arriva il Santo Natale quasi tutto il mondo sente l'esigenza di fare un'offerta? Ci sentiamo più buoni e tanti auguri. Sì. Ma il 26 e il 27? I poveri sono poveri anche a Ferragosto, sei d'accordo? Bene. Secondo te, perché ti ho chiesto di andare in giro nel tuo bel palazzo, a parte il piacere di passeggiare e chiacchierare con te? Perché tutta questa bellezza, sapienza, questo senso di pace e giustizia perde di significato se poi a un metro da qui la gente dorme per terra».

«Che cosa vuoi da me?».

«Il mondo deve diventare bello come i tuoi giardini. Perché tutta la terra è santa e in ogni angolo che è stato creato uomini, donne e bambini devono essere felici. La felicità è come il pane, va spezzata e data a tutti. Pensa che bello se tutti fossimo custodi della felicità di quell'altro, e di quell'altro ancora. Oh, non ti sto chiedendo di cambiare religione, ti sto solo dicendo di andare».

Il Papa non parlò, rimase lì a guardare il gatto. Poi però si fece coraggio: «Andare dove?».

«Butta quell'agenda e vai. Il mondo è tondo solo per chi sta bene, per gli altri è fatto di spigoli: per gli sfruttati, gli oppressi che nascono non potendo scegliere altro che la loro miseria. Guarda che non devi andare in giro a fare miracoli, ti sto chiedendo di andare ad abbracciare il dolore di tutti. Non bisogna essere santi per tendere la mano, questo lo può fare chiunque».

«Io sono...».

«Vecchio? Stavi per dire questo, vero? No, non sei vecchio. È vecchio chi ci si vuole sentire, e se proprio ci tieni alla tua vecchiaia, be', sappi che nessuno è talmente vecchio da non poter tentare ancora. E il tuo cuore non è malato, è un cuore avvilito, rassegnato. Ma queste sono malattie che si curano. E lo sai anche tu!».

«E che cosa dovrei fare, secondo te?».

«Datti un'altra possibilità, e soprattutto dalla a tutti quelli che ancora custodiscono la speranza, nonostante tutto».

Il Papa si sentiva messo all'angolo.

«Io non sono pronto, il mondo non è pronto!».

Il gatto scoppiò a ridere. «Se il mondo fosse pronto ti sarei venuto a cercare? Dai! E poi cosa vuol dire essere pronti? Nessuno è mai pronto! Siamo pronti a nascere? A morire? A perdere una persona amata? Siamo pronti? Non siamo pronti neanche alla felicità quando ci fanno un regalo. E il mondo è forse pronto ad accoglierci quando nasciamo? Ma soprattutto: è pronto ad ascoltarti? No. È proprio per questo che devi andare. Probabilmente a molti dirai quello che non vogliono sentirsi dire, ma ricorda sempre una cosa: non devi parlare alla pancia dei popoli. La pancia va solo riempita di cibo guadagnato onestamente e non di bugie. Parlerai alle menti, all'anima delle persone, e allora queste verranno con te. Devi bussare a tutte le porte, una dopo l'altra. Qualcuno ti aprirà, qualcuno no, ma almeno costringi la gente a schierarsi. È troppo comoda l'indifferenza!».

«Io non sono un rivoluzionario!».

«Ne sei proprio sicuro?». Il gatto era scuro in volto. «Be', sappi che l'amore lo è. L'amore è rivoluzionario, l'amore non è neutrale, sceglie da che parte stare. Non c'è scritto in tutti i tuoi libri?».

«Non prendo lezioni da te, ora basta! Dimmi giusto un'ultima cosa, visto che sai tutto: se fallisco? Se non riesco?».

«Il medico che vede morire un suo paziente smette di fare il medico? No, continua a prendersi cura delle altre persone che soffrono. Vuoi avere la certezza che riuscirai a guarire il mondo? Mi spiace. Vuoi sapere se riuscirai a fermare le guerre? Non lo so. Ma questo è un buon motivo per smettere di gridare che la guerra non è mai la soluzione, bensì l'inizio di un disastro? E comunque se proprio vuoi sentirtelo dire: va bene, fallirai! Almeno però sarai

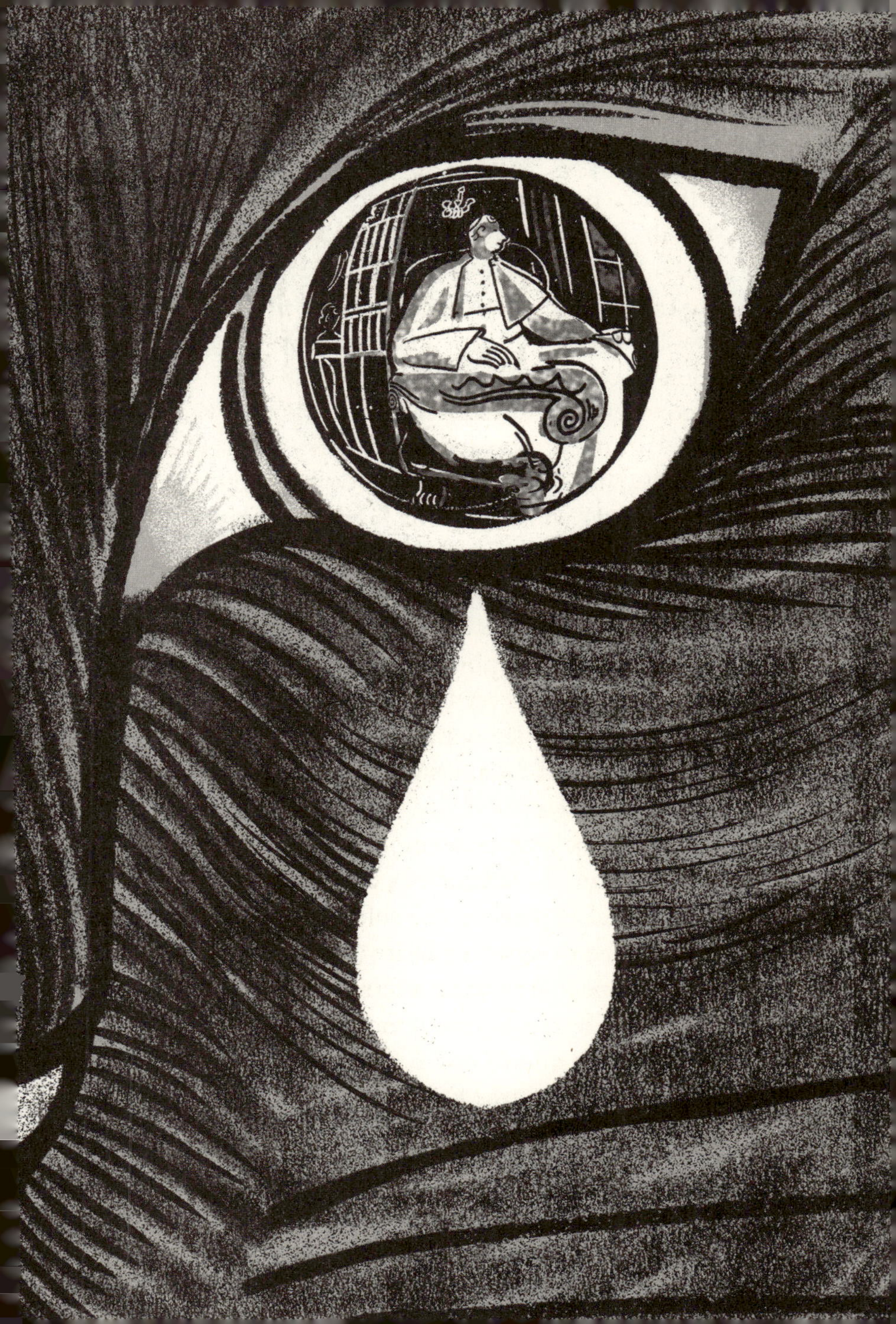

stato come un sasso che cade nell'acqua, e tutti i cerchi che farai nascere seguiranno la tua strada. Allora?».

«Ho paura, ti prego, lasciami in pace. Io ho paura».

«Di cosa?».

«Non voglio essere lo zimbello del mondo, finire i miei giorni chiuso in manicomio. Diranno che sono un vecchio rimbambito, un pazzo pericoloso, mi rideranno dietro, o peggio ancora, e poi mi faranno a pezzi».

«Sì» rispose il gatto a bassa voce guardando il crocifisso sulla parete. «Sì, è già successo».

Nell'occhio destro del gatto spuntò una minuscola lacrima, che divenne sempre più grande, si staccò e scese a terra, sul pavimento lucido. Cominciò a rotolare e si fermò esattamente sulla punta della lucida scarpa del Santo Padre. I due si guardarono a lungo.

«Non ce la faccio, non ce la faccio» disse il Papa. «Ti prego, vattene».

Se li deludi, i gatti se ne vanno.

E infatti il gatto se ne andò.

12

La notte, invece, non se ne voleva andare.

Le lancette degli orologi appesi nei corridoi sembravano di piombo. Il Papa era sveglio, provava a riposare, ma quella notte lì il suo letto sembrava fatto di chiodi arrugginiti. Allora si alzava, faceva qualche passo nella stanza, si affacciava alla finestra, guardava fuori e poi dietro le tende, nella speranza di trovare all'improvviso gli occhi del gatto.

Invece niente.

Tornò altre mille volte alla finestra. C'erano solo nuvole basse e scure. A vederlo così, schiacciato da tutti i suoi pensieri, sembrava un giudice che prima di tornare in aula deve scegliere qual è la cosa più giusta da fare.

Anche il gatto fissava il cielo.

Era tornato alla piazzetta dei gatti e con Vittoria si erano sistemati sotto una piccola tettoia.

«Pensieri molto brutti, eh?» disse lei all'improvviso per spezzare il silenzio che li aveva avvolti da quando si erano ritrovati.

«Aspetto una risposta, arriverà domani».

«E mentre aspetti non sarebbe meglio dormire almeno un po'?».

Il gatto non rispose.

«Va bene», proseguì la gatta, «allora veglieremo insieme, tra amici funziona così» disse come se fosse la cosa più normale del mondo. In altre circostanze sarebbero potuti diventare una splendida coppia, con tanti bei micetti a cui badare, neri come lui, qualcuno con la coda tronca e gli occhi dorati come lei. Ma quella era la notte prima di doversi separare, la notte prima dell'esame più importante, la notte prima di sapere la risposta del medico, la notte del soldato che non vorrebbe mai partire, la notte di travaglio di una mamma che sta per mettere al mondo il suo bambino. I minuti, le ore si trascinano e anche se le lancette dell'orologio si inseguono senza sosta non arrivano mai da nessuna parte.

Quella notte era così.

Forse anche peggio.

Ogni tanto Vittoria, che cercava di resistere al sonno, lo guardava con gli occhi semichiusi e lo trovava sempre lì: sveglio, seduto a guardare lontano. Negli anni ne erano passati di gatti strani nella loro comunità. Ma non come lui, arrivato all'improvviso da chissà dove, e chissà perché, capace di andare subito d'accordo con tutti. Addirittura in pochi giorni capace di diventare amico del Papa e di conquistare la fiducia di lei. Si era fidata subito di quel gatto che non somigliava nessuno. Quando le parlava guardandola negli occhi, lei si fidava. Cercò di resistere ancora per non lasciarlo solo con i suoi tormenti, ma poco prima dell'alba crollò nel sonno profondo dei gatti che abbandonano tutto e volano in un mondo che è soltanto loro.

Quando il sole cominciò ad arrampicarsi verso il cielo, il gatto nero salì su una colonna spezzata e si guardò intorno. Dormivano tutti e posò lo sguardo su ognuno di loro, per ringraziarli ancora una volta. Zoppi, scontrosi, spelacchiati, pronti alla rissa per una mollica. Lo avevano accolto, lui che era uno straniero.

Saltò giù dalla colonna, si avvicinò pianissimo alla gatta più bella del mondo e le sussurrò: «Vittoria, Vittoria».

Lei scattò su come per un pericolo improvviso.

«Calma, sono io».

La gatta si stiracchiò elegantemente, poi cambiò subito espressione.

«Hai una faccia che non mi piace» disse.

«Che faccia ho?» rispose il gatto, ma già sapeva dove stava andando a parare il discorso.

«Hai la faccia di chi sta per andarsene. Guardami. Comunque vada, lo so, tu te ne andrai».

«È vero», disse il gatto dopo un silenzio lunghissimo, «e infatti ti ho svegliata, volevo salutarti e dirti grazie. E poi scusa, sono le nostre regole. Se qualcuno scompare all'improvviso gli altri lo vanno a cercare e voglio che qui nessuno si preoccupi per me, soprattutto tu».

Sperava di farla sorridere, ma non c'era riuscito neanche un po'.

Lei si avvicinò e i suoi splendidi occhi cambiarono colore. «Ascolta, sto per farti una domanda, ma non ti azzardare a rispondere "non puoi capire" e soprattutto non dirmi "il problema sono io, non sei tu"».

Il gatto non proferì verbo, girò la testa per distogliere lo sguardo dagli occhi di Vittoria e lei fece la domanda: «Tornerai? Prima o poi? Tornerai?».

Il gatto ci pensò su. «Posso risponderti con una promessa? Sì, ti prometto che un giorno ci rivedremo. Tu e io. Ci rivedremo, in questa vita o in un'altra».

«Be', del resto noi gatti ne abbiamo sette» disse Vittoria.

«Eh? Ah, già, certo. Sette vite, o forse anche qualcuna in più e forse ancora più bella».

«Ora vattene. Va' via. Nessuno mi ha mai vista piangere e non succederà neanche oggi».

Lo accompagnò con lo sguardo fino alle scalette e poi sussurrò: «In questa vita o in un'altra».

13

Solo all'alba il Papa si era addormentato per qualche minuto. Aveva chiuso gli occhi schiacciato da una stanchezza infinita, dall'eterna stanchezza di una vita intera e di una notte ancora più lunga. Il camerlengo entrò quasi senza bussare. Pettinatissimo, sempre con le due fessure al posto degli occhi, nascoste dietro le lenti, e il sorriso panoramico che invece di scaldare il cuore lo gelava.

«Santità, buongiorno, come vi sentite? Oggi è il giorno della festa. Il gran giorno è arrivato. Allora, siete pronto?».

«Non ho riposato molto».

«Eh, eh, eh. Male, molto male» disse con il tono di chi parla ai bambini, come se i bambini non capissero. «Oggi dovete affacciarvi al balcone per il discorso ai fedeli e poi ci sono le congregazioni da ricevere, da salutare, la piazza è sempre più affollata. Vi aspettano. Aspettano tutti voi. Oggi è proibito stare male».

Agli antipatici fare i simpatici dovrebbe essere proibito per legge.

Il Papa non aveva neanche la forza per rispondere, si limitava a fare quello che gli veniva detto. Prese le medicine, già disposte in ordine sul vassoio d'argento, e si lasciò sistemare sulla veste bianca i paramenti adatti per l'occasione. Lo aiutarono a calzare le scarpe bianche, ripulite e lustrate ancora più del solito. Poi prese in mano i fogli del discorso preparato dal maestro cerimoniere.

«Mi sono permesso», sussurrò il camerlengo, «di sistemare un paio di passaggi. Quando si parla della speranza, ecco, guardate, la gente ha tanto bisogno di sentirne parlare» aggiunse fissando il Papa, che riuscì soltanto a rispondere: «Già».

Il vociare della folla sotto le finestre ormai arrivava fino negli appartamenti. Era tutto pronto, a breve si sarebbe affacciato. Sarebbe stato accolto da un'ovazione, avrebbe salutato, sorriso e letto un gran bel discorso. Semplice, no? Si lasciò guidare fino al balcone e lentamente si affacciò, come aveva sempre fatto alzò la mano per salutare, ma la ritrasse quasi subito perché si accorse che stava tremando.

Aveva il discorso lì davanti sul leggio, doveva soltanto abbassare lo sguardo e cominciare a leggere.

Non ci riuscì, rimase in silenzio a osservare. Guardare e vedere non sono la stessa cosa. Quante volte negli anni si era affacciato? Sembravano un miliardo. Nel tempo, forse, aveva smesso di guardare, o ancora peggio, guardava senza più vedere. Provò a respirare lentamente, il cuore però gli batteva forte come una grancassa. Cercò il fazzoletto per asciugarsi le gocce di sudore dal viso e la mano in tasca trovò il fiore che gli aveva regalato quella anziana signora in mezzo alla strada. Lo guardò. Era sempre più stropicciato e appassito.

Chiuse gli occhi.

La piazza stracolma cominciava a non capire. La paura lo stava soffocando, i pensieri che lo avevano angosciato per tutta la notte tornarono a investirlo con tutta la loro violenza e fu allora, in quel preciso istante, che si arrese.

Aveva deciso cosa fare.

Quando aprì la bocca scoppiò un grande applauso, perché finalmente il Papa stava per parlare, e invece lui abbassò la testa e si limitò a sussurrare: «Dio mi perdoni».

Nient'altro.

Rientrò nella stanza. Là fuori applaudivano, lo reclamavano, ma il Papa non li sentiva più. Non ascoltava più la folla e non ascoltava più neanche il camerlengo che continuava a ripetere: «Santità, Santità! Che vi succede?».

Si spogliò senza farsi aiutare, si tolse gli elegantissimi paramenti con i quali avrebbe dovuto leggere il discorso del giorno di festa. Rimase con indosso il suo abito bianco e andò verso un piccolo armadio che non apriva da secoli. Probabilmente tutti nella stanza, i medici, i prelati, il maestro cerimoniere, tutti, gli stavano dicendo qualcosa. Cercavano di capire e soprattutto cercavano di fermarlo. Il portavoce del pontefice, rannicchiato in un angolo della stanza, stava già buttando giù un comunicato fatto di belle frasi e qualche piccola bugia, che sarebbe servito a rassicurare il mondo intero: "...un lieve malore del Santo Padre ha reso impossibile per ora... quanto prima, appena sarà di nuovo in forma...".

In realtà il Papa stava benissimo, si sentiva benissimo. Aprì il suo armadietto e trovò quel che cercava. Erano lì, dove lo aspettavano da tanto. Vecchi, impolverati, ma pronti ad accompagnarlo in giro per il mondo: i suoi scarponi di quando era un giovane sacerdote. Li sfiorò, guardandoli con un sorriso mentre li calzava, e non appena ebbe abbandonato le lucidissime scarpe bianche si ritrovò ragazzo. Un giovane parroco di montagna che faceva su e giù per i paesini bussando alle porte di tutti, credenti e non, per chiedere semplicemente: "Come va?". Pensò a quando per aiutare una famiglia poverissima aveva barattato un prezioso libro sacro con due sacchi di farina, con cui sfamare i loro bambini. Non aveva più soldi, non aveva più niente, e quindi aveva dato via l'unica cosa preziosa che gli era rimasta. Era stato redarguito in quell'occasione dagli altri sacerdoti che lo erano venuti a sapere, e lui scusandosi aveva risposto che dando da mangiare a dei bisognosi aveva reso quel libro ancora più sacro e più prezioso.

Frettolosamente cercò di stringere i lacci degli scarponi. Doveva andare.

Buttò fuori tutta l'aria che aveva nei polmoni e si tirò su dalla poltrona, che già non era più la sua. Per un attimo rimase fermo in piedi al centro della stanza. Sembrava ancora più alto e tutti smisero di parlare. Nei suoi occhi c'era lo sguardo dei marinai che stanno per salpare, mai certi che la loro traversata si concluderà felicemente, ma consapevoli di dover andare.

E il Papa andò. Si avvicinò alla sua enorme scrivania dorata, mise in tasca una piccola croce di legno che gli aveva regalato un anziano sacerdote, guardò la sua agenda e la chiuse per sempre.

Poi uscì.

Corridoi, scale, altri corridoi, il suo passo era sempre più deciso, e nei suoi occhi c'era la dolcezza di chi guarda per l'ultima volta la casa che sta per lasciare. Sorrideva timidamente a chi si affacciava dalle stanze per guardarlo, per tentare di capire, e ogni tanto voltava la testa quasi di scatto a destra o a sinistra, nella speranza di scorgere il gatto. Ma niente da fare. Incrociò invece un enorme specchio, posizionato alla fine dell'ultimo corridoio. Quando vide la sua faccia si fermò, quasi spaventato, ma poi sorrise. Sorrise a se stesso perché finalmente si riconosceva. Gli venne anche da ridere perché nel riflesso in realtà, vestito da papa, c'era un vecchio rivoluzionario che non voleva arrendersi.

Il gigantesco portone che lo separava dall'inizio del suo viaggio era sbarrato e il personale di sorveglianza non sapeva davvero cosa fare. Alle sue spalle era arrivato il camerlengo, che si era letteralmente scaraventato per le scale e adesso, perso per una volta tutto il suo stile, sudato in viso e con il fiatone, si sbracciava verso le guardie. Il messaggio era chiaro: "NON APRITE". Il Papa ne avvertì la presenza alle sue spalle ma neanche si voltò. Avanzò sorridendo verso le guardie, che si arresero alla forza e al sorriso di quell'uomo. Un uomo che veramente vuole andare è come l'acqua che scorre, non lo si può fermare.

Perciò il pesantissimo portone del palazzo, come un'enorme bocca di balena, si spalancò, e finalmente quell'anziano signore vestito di bianco si ritrovò dove voleva e doveva essere: nel mondo, per strada, tra le donne e gli uomini. Era quello il suo gregge, fatto di anime infelici, disperate, povere di spirito o sempre allegre nonostante tutto.

Avanzò e la piazza esplose. Urla, applausi, lo chiamavano per nome. La gente spingeva per avvicinarsi, per ascoltare, perché erano tutti convinti che il Papa si sarebbe fermato lì a fare il suo discorso.

Lui però stava semplicemente andando, camminava e respirava profondamente. Il cuore per ora teneva bene. Si guardò intorno, ma il gatto non c'era, e allora imboccò il maestoso viale che da anni contemplava solo dall'alto delle sue finestre, e camminò.

Continuò a camminare, ormai era in viaggio, e nella confusione neanche si accorse che alcuni giovani sacerdoti, qualche frate e anche un paio di seminaristi con lo zaino in spalla lo avevano raggiunto. Senza sapere dove fosse diretto, o perché, avevano deciso di andare con lui. Ogni tanto qualche bambina gli tagliava la strada saltellando e salutando allegra con la mano, ma gli cominciavano ad arrivare alle orecchie anche i tanti: «Dove va?», «Ma 'ndo va?», «Che fa questo?», «Ma che s'è messo in testa 'sto vecchio?», «Che è impazzito?».

Allora si fermò, sperso, spaventato come al risveglio da un sogno troppo grande anche da sognare.

Cosa stava facendo?

Si guardò intorno. Tutti lo guardavano e il mormorio della folla era insopportabile. Fu proprio in quell'istante che, in mezzo alla strada, apparve il gatto.

Gli sorrideva. «Giudicare è molto più facile che cercare di capire. Hai già dimenticato? Te lo diranno centinaia di volte, migliaia di volte. Ti diranno che sei pazzo e anche di peggio. È il prezzo del biglietto, lo sai. Il tuo viaggio non è gratis. A proposito di viaggio, hai uno scarpone slacciato».

Si guardarono e nessuno potrà mai dire quanto durò quello sguardo. Lentamente il Papa si piegò per sistemare i lacci del suo scarpone e il gatto ne approfittò per fargli con la zampa una carezza sulla guancia. Di fronte a quella dolcezza così improvvisa, inaspettata, il Papa chiuse gli occhi. "Chi se ne importa dell'allergia", pensò, e si preparò a una raffica di starnuti.

Però non starnutì.

Già, con sua grandissima sorpresa si accorse che non starnutiva più.

«Buon viaggio» gli sussurrò il gatto in un orecchio. Il Papa riaprì gli occhi, stava forse per dire qualcosa, ma quell'enorme gatto nero, arrivato una notte di qualche tempo prima, non c'era più.

Già, proprio così, non c'era più.

Stiamo per salutarci. Se siete arrivati e arrivate fin qua voglio dirvi grazie davvero. Grazie.

Ah, un'ultima cosa. Vi va di fare un patto? I patti possono essere divertenti. Se mai ci capiterà di incrociare un gatto nero, a piedi o in macchina, fermiamoci per la strada, sorridiamogli senza paura, e anche se non si lascerà accarezzare proviamo a chiudere gli occhi per ascoltare la sua voce e quello che ha da dire. Se poi dovessimo addirittura avere la fortuna che venga a bussare alla nostra porta o alla nostra finestra, apriamogli senza esitazione.

Potrebbe avere qualcosa da dirci, rivelarsi un amico davvero prezioso. Chissà, potrebbe forse essere proprio lui, il gatto del Papa…

RINGRAZIAMENTI

Una piccola storia vera, un po' disordinata, e alcuni "Grazie" che mi va di scrivere, prima di tornare a casa...

«Dai papà, facciamo un giretto prima di tornare?» avrò avuto sei o sette anni quando ho cominciato a fare questa richiesta. Ogni volta che con la mia famiglia si andava al cinema, a teatro o a mangiare la pizza, al ritorno la mia richiesta era sempre la stessa, a piedi o in macchina: «Facciamo un giro, non torniamo subito a casa».

Mi spiego, ho sempre amato la casa dove sono nato e cresciuto ma volevo oppormi alla sensazione che provavo: "Ci siamo divertiti, non c'è altro da vedere, subito a casa, lavarsi i denti, pigiama e buonanotte". Invece no: "Dai, rubiamo altri cinque minuti alle cose che già conosciamo, spostiamo i titoli di coda un po' più avanti, c'è sicuramente qualcosa ancora da guardare". Nella trattativa con papà andava bene anche tornare subito a casa, ma facendo un'altra strada, possibilmente più lunga.

Ecco! Cambiare strada, non abituarsi per forza allo stesso percorso, svoltare all'improvviso in una traversa mai scelta prima. Sì, va bene, mi si potrebbe obiettare, ma cosa ti vuoi aspettare? Quale sorpresa? Vivi a Roma, mica nella giungla misteriosa o nel far west di Tex Willer. Sarà. Ma io continuavo a fare sempre la stessa richiesta, a volte la spuntavo e a volte no.

Passano gli anni e finalmente (finalmente lo dice soprattutto la mia famiglia) prendo la patente, trafila classica: motorino, vespa, macchina. E finalmente, stavolta lo dico io, non devo più chiedere e comincio a tornare verso casa cambiando strada tutte le volte che mi va. Dopo le prove di uno spettacolo, dopo una festa: «Flavio scusa, lo so, abito lontano, però... mi daresti uno strappo?». «Ma che lontano! Sali». Pregustando già il ritorno, da solo, di notte: guidare cambiando pensiero come si cambia marcia.

Qui Clara, che ringrazierò tra poco, direbbe: «La scaletta. Flavio, mi raccomando, vai avanti».

Va bene, vado. Salto in avanti, nove anni fa, torno a casa dal lavoro, più o meno le tre di notte, non c'è nessuno. Gironzolare, guidare senza correre, ti dà la possibilità di guardare e vedere: Via della Conciliazione è aperta! Aperta alle macchine. E allora lungotevere, un altro giretto per tornare indietro ed eccomi qua, San Pietro lì in fondo che aspetta. Una lentissima inquadratura in movimento, ogni metro che faccio la Basilica è sempre più grande, sempre più bella. Arrivo. C'è un silenzio che non voglio rovinare, spengo il motore, non sono messo benissimo con la macchina ma non c'è veramente nessuno e vabbè, se passa la Polizia spiegherò che non sono un malintenzionato. Sigaretta, mi guardo intorno per godermi lo spettacolo e tra le colonne, lui. Proprio lui, il gatto nero. Ci salutiamo, resto fermo per non disturbare e ci guardiamo per un bel po'. Finisco la sigaretta, mi distraggo per un attimo e quando torno con lo sguardo verso di lui... è scomparso come in un numero di magia. Faccio qualche passo, lo cerco, ma il gatto nero si è sciolto nella notte. Torno alla macchina, un'ultima occhiata in giro, poi in alto e nel buio totale, una finestra illuminata.

Notte, gatto nero, finestra accesa, boh. Adesso sono a casa, e nel mio quaderno di appunti, storielle, idee per il teatro, scrivo queste poche parole e aggiungo “il Gatto del P”. Soltanto questo. Neanche il coraggio di scrivere quella parola per esteso. Passano gli anni, anzi volano, continuo a cambiare strada per tornare a casa e ogni tanto, sempre nello stesso quaderno: "Il P. Potrebbe essere… il gatto è un gatto parlante?" Boh. Altro salto in avanti, un anno fa, torno in camerino, il mio telefono sta squillando e si sa che quando cerchi la chiave per aprire una porta è sempre nell'ultima tasca, quella in cui non cerchi. Il telefono insiste, uno squillo e un altro ancora, come in *C'era una volta in America*, trovo la chiave, apro, squilla ancora.

«Pronto».

«E ce l'hai fatta a rispondere!» è Angelo Teodoli.

«Ciao Direttore, come stai?».

«Come stai tu?».

Parliamo un po', ma lentamente mi convinco che ha sbagliato numero ma siccome mi vuole bene da anni ed è un uomo molto gentile, sta facendo un po' di conversazione prima di salutare.

E invece mi sbaglio. All'improvviso, come il pugile che si sposta, ti manda a vuoto e poi colpisce: «Ma tu, dimmi la verità, ce l'hai una storia da raccontare insieme a noi?»

Penso che non ha sbagliato numero e che forse è anche peggio.

Insiste: «Allora, dai, ti conosco, sono sicuro che ce l'hai».

Balbetto, mi aggroviglio nei pensieri: cambiare strada, continuare a guardare cosa hai intorno… *un gatto nero, il P., il gatto forse parla…*

Non ho il coraggio di spiegare, prendo tempo: «Angelo, una storia, una storiella, che poi è più una favoletta, sì, forse ce l'avrei ma… non lo so se…».

«Va bene», stringe lui, «ci vediamo con i miei che si occupano dei Libri, so' fortissimi, tutte persone gajarde».

E io penso che così sarà ancora peggio: dovrò raccontare la mia sgangherata favoletta non solo a lui ma anche a un plotone di intellettuali. E invece non ringrazierò mai abbastanza Angelo Teodoli e Patrizia Cardelli per questa occasione, e soprattutto per avermi affidato a Stefano Panetta, Clara Serretta e Marco Di Marco. Lo so dovrei ringraziarli per l'intensa e proficua collaborazione, io li ringrazio perché le nostre riunioni sono diventate altre mille cose, cambiando strada ogni cinque minuti, abbiamo rischiato di trasformare il gatto in un gangster italoamericano con le sembianze di De Niro, mentre Clara cercava di riportarci all'ordine suonando il gong: «Ragazzi la scaletta, Flavio la scaletta!». Eccola, Clara. E dopo cinque minuti: «Ma perché, *C'eravamo tanto amati*, quando Gassman…».

Gong!

Quelli bravi qui direbbero: «Mi mancheranno i nostri caffè insieme alle sette di sera!»

E invece no! Sapete bene che non vi libererete così facilmente di me, ora lo sapete.

Salgo in macchina, guido verso casa, e voglio ringraziare Marco Perrone perché il primo starnuto del Papa davanti al gatto è suo: avere un genio per amico ha i suoi vantaggi.

A proposito di felini, grazie a Nicoletta Berardi, avete una amica stregatta? Noooo?! Cosa aspettate a cercarla!

C'è traffico, rallento e intanto ringrazio Fabrizio Mecarelli, che per aiutarmi (mentre Clara, Stefano e Marco aspettavano pazientemente di leggere e rileggere) stampava i capitoli perché io "a tecnologia, zero", e la prima volta che ha dato un'occhiata mi fa: «Ma che è sta storia?». Ho cominciato a raccontare ma lui «No no! Non mi dire il finale che la voglio leggere» e ridacchia. Gli amici sono così.

E grazie anche al "preside" Mario d'Amico, per le nostre chiacchiere serali alla finestra, per me un appuntamento fisso, e i suoi «Ora vai a casa, cerca di riposare, con il libro come va?».

E allora grazie anche al sindaco delle terre confiscate alla camorra, a Michela di Emergency, ad Aboubakar Soumahoro, che è molto più che un sindacalista, a Michele della comunità di Sant'Egidio, perché va bene la tavola rotonda, il dibattito e le belle parole, ma poi ci andiamo giù in strada a dare una mano? Certo che ci andiamo e con loro la strada è quasi tutta in salita, ma allo stesso tempo tutto è semplice e chiaro: gli ultimi, i disperati, gli invisibili, se cambiamo strada e andiamo a guardare, sono visibilissimi. Dipende solo da noi.

Ancora un paio di grazie e sono a casa.

Grazie a Federico, il professore che mi ha spiegato che ogni giorno in più è veramente un regalo, però devi saperlo scartare e soprattutto non lo devi sprecare. Mai.

E poi grazie ad Anna, una persona fantastica, per avermi spronato con il suo "A chi faccio danno?".

Ultima curva, sono arrivato. La luce è accesa, Adriana è già tornata e magari sta giocando con Minni e Lola, le nostre cagnoline che mi amano ancora nonostante abbia scelto un gatto come protagonista per la mia storiella. Non entro, un'altra sigaretta e guardo la finestra accesa. E ancora una volta ringrazio Adriana per aver trasformato una casa molto noiosa in un rifugio pieno di colori. Che si spengono ogni volta che il lavoro la costringe a ripartire. Ma tutti e due sappiamo che il rifugio è sempre qua che aspetta. Entro, ora le dovrò chiedere, con grande imbarazzo: «Ti va di ascoltare la favoletta che ho scritto? Se ti addormenti non mi offendo». Riderà rispondendo qualcosa tipo: «Cerca di non addormentarti tu mentre leggi».

Naturalmente non vi dirò mai come è andata.

Miao!

INDICE

LE MIE NOTE

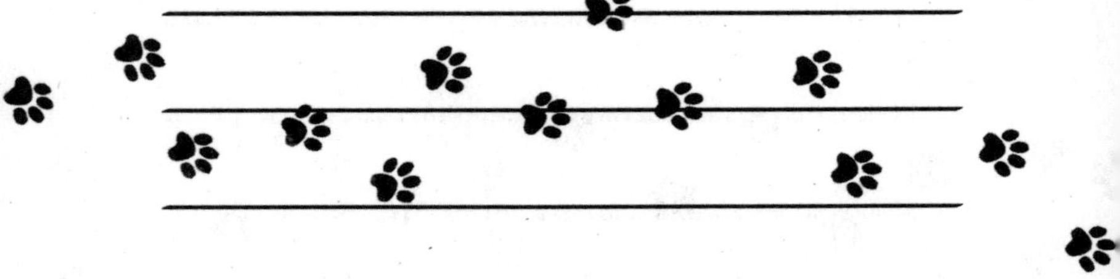

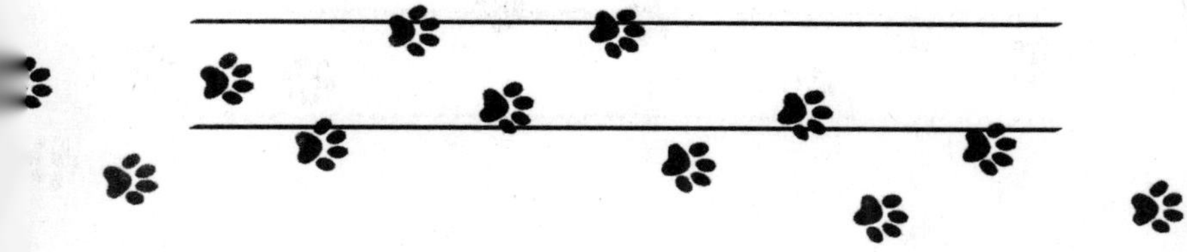

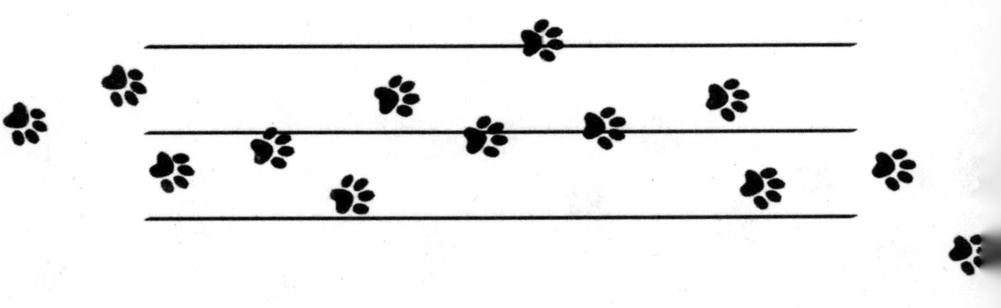

Finito di stampare
nel mese di novembre 2021 presso
Puntoweb S.r.l. - Ariccia (Roma)